皇太子は宮廷道士を寵愛する

~愛されたがり子パンダの秘密~

滝沢　晴

幻冬舎ルチル文庫

CONTENTS ✦目次✦

皇太子は宮廷道士を寵愛する ~愛されたがり子パンダの秘密~

✦カバーデザイン= chiaki-k(コガモデザイン)
✦ブックデザイン=まるか工房

イラスト・奈良千春✦

皇太子は宮廷道士を寵愛する

～愛されたがり子パンダの秘密～

【一章】

からりとした初秋の風が吹き込んでいるはずなのに、なぜか不安な気持ちがかき立てられる気がした。

璃《り》国の中でも雨の少ない黄州《こうしゅう》の寒村に、ワン《王》・ルイ《睿》の住居はある。村を一望できる高台に、横穴を掘る形で作られた住居の入り口は、誰でも訪ねやすいように日中は戸を開けているので、風がよく通るのだ。

長身の武官が前を通った瞬間、ルイは作業机から思わず立ち上がった。

『こんなところにいたのか、ずいぶん探したんだぞ！』

などと恩着せがましいことを言いながら、彼が戸口でからりと笑っている姿を、一瞬でも期待してしまった自分が情けない。

コト、と椅子を引いて座り直し、大きく息を吐いた。望むな、と自分に言い聞かせるように。

(恩知らずな去り方をした僕を、彼が訪ねてくるわけがない)

しかし、こんな田舎の村に武官がやってくるのは珍しい。何か行事でも予定していただろうかと思いながら、朝の身支度のために卓上の小さな鏡に向かって髪紐《かみひも》をくわえた。後頭部で長い黒髪を雑にひとくくりにし、多少の乱れは放っておいた。

この数ヶ月は、服のしわや汚れも多少なら気にしない、髪も邪魔にならない程度に結う――などあえて身なりを雑にしている。来村当初は、習慣で身なりをきっちり整えていたため「王都から来た関わりにくい人物」という印象を抱かれていたようで、いつも遠巻きに眺められていた。

最近はずいぶん親しくしてもらえるようになったのだが、やはりまだまだと思う。ルイは鏡を見ながら下瞼《したまぶた》を軽く指で引っ張った。

（二重で大きなこの目も、睨《にら》まれているように思われるのかもしれない）

目が合った村人――特に女性が、ときに顔を背けて駆けていく。浅黒で涼しい顔立ちの多い黄州では、色白で彫りの深いルイは悪目立ちするのだろうか。背丈は平均的なので威圧感はないと思うのだが。

つくづく容姿で人に嫌われるのだな、とため息をつくと、気を取り直して調薬作業に入った。

柴胡《さいこ》、白朮《びゃくじゅつ》、人参《にんじん》……など十種の生薬を煎じたものを前に、ルイは右手の人差し指と中指で自身の眉間に触れる。人間の身体の器官を思い浮かべ、唾液腺に意識の狙いを定めると、その指で空に「逆」「巡」などのいくつかの古代文字を書き、生薬に触れた。淡く光り、少しだけ煎じ薬が膨らんだら完成だ。

それを袋にまとめていると、戸口に数人の子どもがやってきた。

「道士さま、いらっしゃいますかあ」

「いますよ、どうしましたか」

ルイは微笑《ほほえ》みながら子どもたちを出迎える。座っている間にできた白仙服のしわを、ゆったりと伸ばした。

子どもたちは一斉に木に引っかかった凧《たこ》を指さした。

「仙術であれ取ってよ」

ん、と思わず呻《うめ》き声を漏らした。

「僕は何度も言ったでしょう、薬条道士が得意なのは生薬と仙術で『仙薬』を作ることです。物語に出てくる道士のように悪霊をはらったり、風や火を操ったりするのは苦手で……」

苦笑いでそう説明するが、子どもたちは理解してくれず「でも凧くらい取れるんじゃないの」「出し惜しみしてる」などと口を尖《とが》らせる。

うーん、と広い袖口に手を入れて悩んだあと、ルイは「失敗しても笑わないでくださいね」と念を押して、右手の人差し指と中指を揃《そろ》えて「風」を意味する古代文字を空に描いた。その指を凧に向けた瞬間。

そよそよと柔らかな風が、凧と色づき始めた葉を優しく揺らし……ただけだった。

子どもたちがどっと一斉に笑い声を上げる。

「揺らしただけじゃないか！」

爪に向けた指をしまうにしまえないルイは、懸命に弁明する。

「だから言ったじゃないですか、仙術そのものは本当に下手なんです……！」

子どもたちは「今日も道士さまはへなちょこだな～」と楽しそうに自力で爪を降ろし、どこかに行ってしまった。

そんな笑い声に、少年時代の苦い思い出が蘇《よみがえ》る。

道士の修行がはじまったばかりのころ、同期たちはみな名家の息子だった。孤児だった自分は彼らにずいぶんといじめられたものだ。出自、身分、経済力——。自力では覆《くつがえ》しようもないことなのに、子どもはその札をひけらかし、持たぬ者を無慈悲にもてあそんだ。

（子どもはやっぱり苦手だなあ）

頭をかきながらそれを見送る。背後から高齢の女性二人組が声をかけてきた。

「ごめんなさい、道士さま。あの子たち、道士さまのありがたみが分からないんですよ」

いいんです、とルイは小さくうなずき、女性たちに先ほど仕上げた薬の袋を手渡した。毎食小さじ一杯をお湯に溶いて、と指示も添えて。

「道士さまの仙薬のおかげで、人手を借りずに歩けるようになりました。もうすぐ冬がやってくるので本当ならもっと歩けなくなる季節ですけど……なんとお礼を言っていいやら」

深々と頭を下げるので、ルイのほうが恐縮してしまった。

「いいえ、僕のほうこそみなさんに快く受け入れていただいて、ありがたいかぎりです」

腕で輪をつくるように胸の前で手を重ね、頭を深く下げる。この璃国の最敬礼にあたる拝礼だ。

「中央政府が、医師がいない地域に道士さまを派遣しているとはいえ、こんな州の端っこにある小さな村にまではとてもとても……しかも道士さまはまだ二十六歳でしょう？　お姿も凜《りん》としてとてもお美しくて。そんな雅《みやび》で将来有望な方がいらしてくださるなんて」

それがお世辞だとは知りつつもルイは礼を伝え、眼下に広がる黄州の村とその奥にそびえる山脈を見つめた。

この璃国は広大な領土を持つ、人口約五千万人の帝国だ。

ここ黄州を含む七つの州に分かれ、州は郡に、郡は村に分かれる。都市部以外は医師も教育者も不足しているため、仙術――仙人が身につけたとされる秘術――を習得した〝道士〟が派遣され、生活水準を維持するのだ。

「本来は中央政府の礼部が身分のしっかりしたものを派遣すべきなのですが……。宮廷をクビになった僕に、村長さまが助けの手を差し伸べてくださったのです。感謝するのは僕の方なんですよ」

中央政府はいくつかの機関に分かれるが、祭祀《さいし》や道士の人事を取り仕切るのが「礼部」。その礼部の命令に背いて追い出されたのだから、実家のないルイは本来行くあてがないのだ。

宮廷と言えば、ともう一人の女性が手を叩《たた》く。

「皇族が視察に来ているそうですよ、たくさんの武官を引き連れて！」

「皇族が？　珍しいわねえ！　いま皇位継承問題で中央政府が割れているって噂《うわさ》だし、何かあったのかしら」

先ほど武官が通り過ぎたのは、そういうことだったのかと納得しつつも、ルイの胸がチクリと痛んだ。

（宮廷からの視察なら、彼も来ているかもしれない）

一人の宮廷武官の顔を思い浮かべ、我に返ったように首を振った。

（いや、合わせる顔がない。彼はきっと、僕のことを怒っているだろうから）

彼の名はサーシェン《颯伸》と言った。

ルイが宮廷道士をしていたころ、ふらりと遊びに来ては薬膳粥《やくぜんがゆ》を食べて帰る——という、つかみどころのない武官だった。

襟足で一つに束ねた髪が、よく跳ねていたのを覚えている。年はルイの一つ上。かなりの長身な上に、美丈夫という言葉がよく似合う容姿で女性にもてそうだったが、あんなにふらふらしていると出世は期待できない——というより本人も望んではいないようだった。

『ルイの薬膳粥が一番のごちそうだ』

そう言って一瞬で平らげてくれるので、ルイも彼の来訪が次第に楽しみになった。彼の顔色や体温などをみて、胃が悪そうなときには整腸効果のある仙薬を、眉間にしわの跡が残っているときには神経が緩む仙薬を粥に加えた。

（生まれて初めて出来た友だったのに）

脇目もふらず修業し、仙術や仙薬を駆使する「道士」となり、実力のある者だけが選ばれる宮廷道士となった。しかし、そこでも「出自が卑しい」などと噂を流されて孤立していた。

そんな環境でできた、初めての友がサーシェンだった。

しかし、ルイは友である彼に黙って宮廷を去った。

サーシェンは、ルイが他者と話しているのを見かけるだけで、その者を追い回すような、激情家の側面があった。ルイが追放されたと知れば、彼はきっと礼部に楯突《たてつ》くに違いない。

そうなれば彼も立場を失う危険があった。

「道士さま？　他にお客さまが来てますよ」

女性に声をかけられて、はっと我に返る。

「すみません、少し友人のことを思い出していました」

訪ねて来たひょろりと背の高い男性は、この村唯一の役人であり、若い書記官だった。

「またあのお薬がいただきたくて……」

彼は申し訳なさそうに頭をかいた。ルイは先ほど完成した仙薬を出しながら告げた。

「こんなに頻繁に味覚を失うとなると、唾液腺や舌、鼻の問題ではないかもしれません。郡の中心まで行って医師に診てもらったほうがよいかも。僕の仙薬も長くは効かないようにしているので……」

書記官は「あの、その」とどぎまぎしながら、笑ってうつむいた。

「症状がこうやって出たら道士さまに会えると思うと、その、嬉《うれ》しいというか……」

ルイは眉をひそめながら、彼の手を取り、手首で脈をみた。

「書記官さま、ご体調も悪いのでは？　顔がとても赤いですよ。食欲はありますか？　うーん……なんらかの心の作用かな……これはやはり医師に——」

書記官は「大丈夫です大丈夫です」と胸の前で両手を振る。後ろにいた女性たちはなぜか呆《あき》れた声でこう漏らしていた。

「道士さまって物知りのくせに、本当にこういう方面に疎いわね……」

書記官は薬を受け取っても帰らず、薬のことを興味津々に尋ねてくる。

「仙薬が長く効かないようにしているとは、どういう意味なんですか？」

「身体の組織の一部が、少しだけ昔に戻るような、遡及《そきゅう》効果を持たせているんです。書記官さまの場合は唾液腺の巡り。ですがそれが効き続けてしまうと、組織が戻りすぎてしまって形を保てず崩壊します」

横で聞いていた女性たちが前のめりになる。

「もしかして肌も若い頃に戻せるんですか？」

「それは『自然の理に従え』という道士の掟《おきて》に背くことになってしまうのです。生活の支障を取り除く、痛みを抑える、死に向かう者の苦しみを緩和する——という範疇《はんちゅう》でなら使用できるというのが、僕の解釈です」

女性二人と書記官が、少し難しそうな顔をしている。

「でもそれは根本的な治癒にはならないので——」

ルイが書記官にもう一度医師に相談するよう促そうとした瞬間、村長の長男の張り詰めた声が聞こえた。

「村の者、控えろっ、ひれ伏せっ！　皇太子殿下がいらしたぞ！」

（こんな小さな村まで？　しかも皇太子殿下が？）

ルイは言われるがまま地面に膝を突いた。

切れ者だが冷酷で残忍という評判の皇太子は、普段めったに人前で顔を見せないと宮廷でも言われていた。実際にルイも見たことはない。

（皇太子殿下がわざわざ、王都・湖安《れいあん》から遠い黄州まで何を……）

乾いた地面を見つめながらぐるぐると思案する。隣で平伏していた書記官が小声で話しかけてきた。

「そういえば、皇太子のあの噂は本当なんでしょうかね。皇族典範の改正を押し通そうとしているって」

皇族の繁栄と独裁防止のために作られたのが皇族典範。その改正を押し通すということは、かなりの手腕と野心があるようだ。

中央政府が皇位継承を巡って、冷徹で合理主義の皇太子派と、兵法に長《た》けた第二皇子派で割れているのは宮廷時代から知っていたが、その皇太子が皇族典範にまで手を着けたとなると、大局が動いたのではないか――。

……とまで考えて、ルイはふっと笑った。宮廷を追放された自分が心配することではないのだと。

ただ、皇太子の警護で宮廷武官のサーシェンが一緒にいるという可能性はあった。会いたいのか会いたくないのか、真逆の気持ちがせめぎ合う。

村長の長男が「頭を地面にこすりつけろ！　頭が高いぞ！」と先ほどの子どもたちの頭を上から押さえつけた。運悪く、押さえつけられた先に石があり、一人の男児が頭を強く打ってしまった。

ルイは思わず身体《からだ》が動く。駆け寄って手ぬぐいで子どもの額の出血を拭った。子どもの涙も拭いながら、ルイは村長の長男をにらむ。

「子どもに乱暴な扱いはいけません！　頭には血の管がたくさんあるんですよ」

「なんだと？　伏せなければ切り捨てられて死ぬんだぞ！　むしろ感謝――」

村長の長男は、なぜか途中で口をつぐんだ。

背後に、ジャリ、と土を踏む音がした。

ルイの背後から大きな影が覆う。

「も、申し訳ありません皇太子殿下、お許しくださいい、子どもの礼儀がなっておらず――」

村長の長男が地面に頭を擦《こす》り着けてひれ伏した。

(皇太子殿下?)

ルイはさっと血の気が引いた。

冷徹で残忍と呼ばれる皇太子が、今自分の後ろにいる。

ルイは顔を伏せたまま、身体を反転させ村長の長男同様にひれ伏した。

「ご無礼を、お、お詫《わ》びいたします」

ドク、ドクと心臓が大きく跳ねる。

「無礼だと?」

低い声だった。ただ低いだけでなく、静かな口調なのに覇気に満ちている。これが為政者の存在感なのだ、とルイは額から汗を流した。

ぎゅっと目を閉じて覚悟を決める。このまま斬られてしまう可能性もあるのなら、後ろにいる子どもだけは守らねば。

「頭を上げてしまい申し訳ありませんでした、怪我《けが》した子どもは何卒《なにとぞ》お助けくださいますよう……わっ!」

突然肩を摑《つか》まれ、上体を起こされる。ルイは目を閉じ、覚悟した。

（斬られる！）

その瞬間、腰をがしっと摑まれる。正面から勢いよく腰を抱かれ、身体が宙に浮いたのだ。

「ルイのやることを俺が無礼に思うとでも？」

目を開けると、そこには自分を抱えてひまわりのように笑う――彼がいた。

いつもやる気なさそうに宮廷内をふらふらしていて、ルイの作る薬膳粥がお気に入りで、食べるのが早くて、髪はよく跳ねていて、容姿はいいが出世はかなり難しそうな――。

「さ……サーシェン……？」

抱き上げられたルイの黒髪が、サーシェンの顔を撫《な》でていく。

「探したぞ、ルイ！」

その口調、まなざし、端正な顔立ち――。

間違いなく、唯一の友サーシェンだが、格好はまるで違う。

皇帝以外の皇族色・臙脂《えんじ》の袍衣《ほうい》を纏《まと》い、頭には、糸で連なった宝石や真珠をいくつも垂らした冕冠《べんかん》を被《かぶ》っている。いつもの藍鼠《あいねず》色の袍衣ではない。

お付きの者らしき文官が慌てて駆け寄る。

「皇太子殿下、お輿《こし》からお出になっては危険です！」

（いま、文官はなんと言った？）

ルイは目を回しながら、文官の台詞《せりふ》を復唱する。

「殿下……？　皇太子、殿下……？」

そして目を見開くと、サーシェンの頬を両手で挟んで、叫んだ。

「サーシェンが皇太子？　嘘《うそ》でしょう！」

周囲から「無礼者」「殿下のお顔に触れるなど」とどよめきが上がるなか、サーシェンはルイを抱きしめて、くるくると風車のように振り回した。

「そんなことどうでもいいじゃないか。感動の再会だ、ルイ」

＋＋＋＋

初めて会ったのは三年ほど前のこと。

宮廷道士たちの研究棟に、ふらりと迷い込んできたのがサーシェンだった。

良家の子息が多い宮廷道士たちは、彼の袍衣が藍鼠色だと確認するや、出口を尋ねられても相手にしなかった。最も低い官位色だったからだ。宮廷の文官や武官は官位によって着用できる色が違う。袍衣の緑が鮮やかなほど官位が高く、低いほど鼠色が強くなる。

『礼部は皇族以外の部外者は出入り禁止なんですよ、ご存じなかったですか？』

ルイが出口を案内しながら、礼部の決まりを説明すると、サーシェンと名乗った武官は「そ

うだったかな」ととぼけていた。

彼の出で立ちにルイは違和感を覚えていた。武官とはいえ宮廷では袍衣くらい整えて出仕するものだが、彼は頓着していないのか「着流している」という表現がよく似合うほど普段着のようなのだ。この姿で皇族と出くわしたら処罰ものではないかとハラハラする。

ぐううと大きな腹の音が聞こえた。

『はは、朝餉《あさげ》を食べ損ねて』

サーシェンはそう言い訳していたが、ルイは彼の顔色があまりよくないことに出会ったときから気づいていた。

(この顔色は空腹ではなく……)

腹の音に他の道士たちが「品がない」などと眉をひそめている。

ルイは出口に案内するふりをして、サーシェンの手を引いた。

『声を出さないで、こちらに』

ルイは自分に与えられた研究用の部屋にサーシェンを引き入れると、木格子の扉を後ろ手で閉めた。

『どうやら出口ではないな、俺はここで君に何をされるんだ？』

面白そうににやついているサーシェンに、ルイは椅子に座るよう促した。

『取って食おうなんて思っていませんよ、ご安心を』

『道士の部屋にしては、かわいらしいな。花がいっぱいだ』

部屋に飾っている一輪挿しや押し花に、サーシェンが気付く。

『宮廷の文官や武官は風流な方が多いんですね、文によく添えられていて。枯らしてしまうのもかわいそうなので、少し飾ったら押し花にしています』

興味がなかったのか、サーシェンは「ふーん」とだけ素っ気ない返事をした。

鉄瓶で沸かした湯で、なつめ茶を淹《い》れて出した。

『甘みがあってうまいな。しかしなぜ茶を？』

『食が進まないのは、胃の緊張のせいだと思います』

ほんのりとした甘みのなつめは、薬としては大棗《たいそう》と呼ばれ、緊張を和らげてくれる。

『……なぜ食が進まないと？』

顔が赤っぽい土色をしていることから胃腸の緊張が考えられる、とかいつまんで説明した。

『目の下のくすみ方を考えると、その胃腸の緊張は疲労や抑圧から出るものかと……』

ゆっくりなつめ茶を飲ませて胃の緊張がほぐれたところで、薬膳粥を出した。

『消化を助けるもの、気を補うものを混ぜています』

本当は、気を補ったり消化機能を助けたりする炙甘草《しゃかんぞう》に、即効性を高める仙術をかけて混ぜているのだが、身体に悪いものでもないし、あえて言うこともないだろう。

サーシェンは「茶のおかげか、確かに食べられそうだ」と一さじ口に入れた。ぱっと表情を輝かせると、一気にかき込んだ。

『うまい、うまいな……！』

『口に合うということは、あなたに必要だったものなんですよ』

美味《おい》しそうに食べる姿を見るのは心地良い。武官とはいえ、食べる所作は驚くほど無駄がなく美しかった。少し血色が戻ってきたようだ。

自分の仙薬が誰かのためになる——ルイはこの瞬間が一番好きだった。

サーシェンは手巾で口元を拭い、ルイの手の甲に指先で触れた。

『これは君からの好意だと受け取っていいのか、それとも俺が何者か知っていて……？』

目を細めて顔を近づけてくる。

『好意？　ええ、まあ好意というかお節介というか……あなたがつらそうだったので』

えっそれだけ、とサーシェンが驚いたように問い詰める。

『それだけ、とは？』

『俺を助けて君に何の利益がある？』

『利がないと、お節介したらだめでしたか？』

ルイが首をかしげていると、部屋に近づいてくる足音が聞こえてきた。

『ごめんなさい、隠れて！』

サーシェンを頭から押さえつけ、机の裏側にぎゅうぎゅうと押し込める。

入るぞ、という低い声とともに扉が開き、兄弟子が入室した。

『先ほど誰かを連れていなかったか』

『武官ですか？　迷っていたので出口にご案内しました』

ルイはそう言いながら、もぞもぞと机の下で動くサーシェンをさらに奥まで押し込む。

『だらしのない身なりの武官だったな、おおかた礼部の薬でも漁《あさ》りに来たのだろう、浅ましい……お前と気が合いそうじゃないか、出自の怪しい者同士。なあルイ？』

兄弟子は口元を鉄扇で隠してくすくすと笑う。

『ズーハン《梓涵》さま、証拠もないのに盗人扱いはよくありません』

ルイの正論に、ズーハンと呼ばれた兄弟子から表情が消えた。

鉄扇をこちらに向けると空気が揺れた。衝撃波とともにルイは弾《はじ》き飛ばされる。強力な仙術だった。発動までの所要時間の短さも、手練《てだ》れの証拠だ。

『生意気な、大人しく薬だけ作っていればいいものを』

ズーハンは「なぜ礼部尚書《しょうしょ》はこんな出来損ないを宮廷に」と漏らして部屋を出て行った。

倒れたルイを、駆け寄ったサーシェンが抱き起こす。

『大丈夫か？』

『慣れてますから。あの兄弟子は空気を揺らして仕置きするのが好きなのです』

かつてはもっと優しかった。あるとき彼の戯れに無礼を働いてしまったために、目の敵にされるようになったのだ。

『なんと……お前も道士ならやり返せないのか？』

『僕は薬条道士なので、調薬以外の仙術は全然だめで』

風を起こせばそよ風、火を熾《おこ》せば行灯《あんどん》、などと道士仲間にも笑われているのだ。

『しかし礼部尚書がお前を宮廷に呼んだのだろう』

先ほど兄弟子が漏らした台詞が聞こえていたようだ。

尚書とは礼部を含む各部の頂点に立つ官僚のことだ。本山で修業を終え、南方の田舎町への派遣準備をしていたときに直々に声がかかったのだ。薬条道士が一名引退したので出仕しないか――と。

『兄弟子も、以前は親切だったのですが……やはり努力して万能な道士となったお方なので、能力にでこぼこのある私の登用が面白くないのも当然だと思います』

『いやいや、実力あってこその一本釣りだろう。俺なんか実力不在の縁故採用だよ』

ルイははっとして顔を上げた。

親族の期待を裏切れないという心理的な重圧で、胃の調子を悪くしたのでは――。「ちょっと待っててくださいね」となつめ茶のおかわりを出して、ルイは小袋に生薬を詰め始めた。

先ほど食べさせた薬膳粥と同じ生薬と、心を和らげる効果のある生薬を選ぶ。少しだけ仙術をかけて小袋をサーシェンに渡すと、視線で「これは？」と尋ねられる。

『胃のあたりを触れてみて、硬くなっているときにこれを粥に入れてみてください。そうだ、奥方さまのお土産も何か用意しましょうか』

『妻はいないんだ。おかしいだろう、二十四にもなって』

サーシェンは礼を告げて小袋を受け取り、自嘲気味に言った。多くの男性は十八で成人を迎えると、早々に妻《めと》を娶るため、二十代半ばでの独身は珍しかった。

『ふふ、同じですね。僕も二十三で独り身です』

縁談の多くは実家が決めるのだが、孤児のルイにはそれがないのだ。

文官の娘など、二度ほど見合い話をもらったことはあるが、会ってみると「あなたと並んで歩くと自分がみじめになる」などと断られるのだ。気乗りしていない見合いだったので、気にしていないが、自分の容姿に問題があるということは理解できた。

『じゃあ、いい年した独身同士、仲良くしよう。また会いに来てもいいだろう?』

サーシェンが表情を明るくして、ルイの手を握った。体温の高い、乾いた手だった。

『だめですよ、礼部は皇族以外の部外者は立ち入り禁止です』

『大丈夫、大丈夫』

『何が大丈夫なのか分かりません』

かみ合わない会話に、おかしくなりながらルイはサーシェンの手を握り返した。

『でも嬉しい。僕、実は友人がいなくて……また外出時にでもお会いしましょう』

サーシェンの頬に赤みが差す。

（お茶と薬膳粥が合っていたみたいだ、役に立ててよかった）

ルイは思わずにやけてしまい、サーシェンはなぜか狼狽《うろた》えながら「ぜ、ぜひ」と答えた。

それからサーシェンが二日とあけずに訪ねてくるなど、ルイは想像もしなかった。

さらには、ルイに近寄る全ての男を、大騒ぎして追いかけた。

『こら！　ルイに近寄るな、悪い虫め』

生薬売りの青年も、たまに花を差し入れてくれる文官にも、激昂《げっこう》して弓を引く。

この激しやすい性格で、サーシェンもきっと友人がいないのだろう。だから唯一の友人である自分を取られないよう大騒ぎをしてしまうのではないか、とルイは分析していた。

宮廷道士たちの間でも「勝手に入り込んで騒ぐ下級武官」として有名になっていたのに、なぜかサーシェンは咎《とが》められることなく、立ち入り禁止の礼部に飄々《ひょうひょう》とやってくるのだった。

＋＋＋＋

ルイはかつてのサーシェンとの日々を振り返り、出入り禁止の礼部でふらふらしても咎められなかった理由が分かった。

（出入り禁止は〝皇族以外〟の部外者だからだ）

武官姿でふらふらしていると知っている上層部が、礼部から報告が上がるたびにもみ消していたのだろう。

従者たちを待たせてルイの横穴式住居に付いてきたサーシェンこと皇太子殿下は、部屋をきょろきょろと見回しながら「ひんやりしていい部屋だ」と褒めてくれた。

「殿下がお過ごしになるような所ではございませ――」

ルイが頭を下げたままそう進言すると、サーシェンはルイの身体をぐいと起こした。

「なんだ、その他人行儀な言葉遣いは」

「ですが……」

「俺をまだ友だと思ってくれているのなら、いつものようにしてくれ」

友、という響きに、ルイはきゅっと口を引き結んだ。サーシェンも自分を友だと思い続けてくれていたことに胸を打たれる。

「それでは、ひとまず……」

サーシェンは、ルイを自分の横に座らせると顔を近づけてきた。

ひとまず、なんだろう。これまでの近況を語り合うのだろうか、そういえばとっておきの酒があるのだけど語りながら飲むかな……などと、わくわくして彼と視線を合わせる。

「俺の前から、何も言わずに消えた理由《わけ》を聞こうか」

先ほどのひまわりのような笑顔から一転、凍りつくような声でささやかれる。

これが冷徹皇太子と呼ばれる所以《ゆえん》かと、初めて聞くサーシェンの声音にルイは思った。端正で凛々《りり》しい顔なだけに、覇気が混じると凄《すご》みが増した。

言い訳もそこそこに、ルイは有無を言わさず村から連れ出された。連行された、と言っても過言ではない。

村人たちは別れを惜しんでくれたが、皇太子の命には逆らえない。サーシェンの計らいで、代わりに医師を派遣されることになったので、ルイはひとまず安心ではあるが……。

馬で移動し、この大陸の文明を生んだ紅河を北上する。そこからさらに馬で三日。十日間の旅となった。

その間、ルイは皇太子であるサーシェンと会話する時間は少なかったが、宿ではたまに部屋に呼ばれ、宮廷を無言で去ったことへの恨み言を聞かされた。

友人として接する許可をもらっているので反論する。

「サーシェンこそ、私に武官だと嘘をついていたではありませんか」

「俺は一度も『武官だ』と名乗ったことはないぞ」

明らかに武官と思わせる装いをしていたくせに。

困惑しながらも、気の置けない友とのやり取りに心が浮き立つ。

そして、合わせる顔がないと思っていた彼と、思いもよらぬ形で再会し、かつてと変わらない態度で接してもらえたことに安堵《あんど》している自分もいた。

ただ、宮廷に戻る道理はない。

ルイは、自分が上司の命令に逆らって追放されたことを説明する。

「僕は宮廷に戻っても仕事はできないんです。本山に戻る資格もない、宙ぶらりんの道士なんです」

そう何度伝えても「それでいい」としか返答はなかった。サーシェンの意図が読めない。

「ひとまず会ってもらいたい者がいるんだ」

王都・湖安に到着すると、ひんやりと乾いた空気と砂埃《すなぼこり》に懐かしさを覚えた。まだ宮廷を追放されて一年しか経《た》っていないというのに。

璃国の中央に流れる紅河のほとりに、湖安はある。

高い城壁に守られた都市は、宮廷を中心に東市、西市に分かれていて、碁盤の目のように道が整備されている。居住区画、商業区画がそれぞれ賑《にぎ》わい、異民族との交流も活発だ。

ただ、気候はあまり恵まれていない。秋口は過ごしやすいが、冬は海側から寒気が流れ込むせいでとても冷えるのだ。

比較的温暖な黄州にいたルイに、サーシェンは服を手配してくれていた。羽織や上衣と裳《も》は、これまで着ていたものとは比べものにならない上質な白絹で、地紋が入った青磁色の帯も一級品だ。それでも違和感がないのは、意匠や色合いが、道士時代に着用していた仙服に似ていたからだった。

秋風に揺れる羽織の袖をじっと見つめる。かつてのように振る舞っていい、というサーシェンの心遣いだと分かると、思わず笑みがこぼれた。合わせて髪型も、宮廷道士時代のようにまっすぐに櫛《くし》を通し、耳上部分の髪を後頭部できっちりとまとめ、帯と同じ色の絹を巻いた。

拝礼をして三つの門をくぐり、千五百を超える建物のある宮廷に入る。初めて足を踏み入れたわけでもないのに、その広さと厳かな雰囲気にルイはごくりと喉を鳴らした。

宮廷の敷地は東西を徒歩で往復しようとすると半日はかかってしまう広さだ。その東側に位置する「内廷」と呼ばれる一帯に、ルイは案内された。

内廷とは、皇族やその妃《きさき》たちが私的生活をするところで、高い塀に囲まれた宮廷の中にありながら、さらに塀に囲まれている。もちろん宮廷道士であるルイは足を踏み入れたことがないが。

宮廷は地に石板を並べているため荘厳な風景ではあるが、少し息苦しくもある。一方で、この内廷は通路だけに石板が使用され、他は木々や草花が生き生きとしている。そのせいか空気も澄んでいる気がした。

その内廷の西側に位置する養仁殿に、ルイは案内された。皇太子が書斎や寝室を構えている建物だという。

道士が皇族に呼ばれた際は謁見の間を使用するため、居住棟に足を踏み入れるのは初めてだ。ましてや、人前で顔を晒《さら》さない、そもそもあまり姿を現さないと言われている皇太子の私室に入るなんて、想像だにしなかった。

（姿を現さないというより、皇太子とは思えない格好でうろうろしていただけだったけど）

皇太子の私室とあって贅《ぜい》を尽くした内装かと思いきや、意外にもこぢんまりとしていて洗練されていた。広さも庶民の自宅ほどではないが、贅沢好きの貴族の部屋よりはるかに狭かった。

「ここは皇帝陛下の書斎だったんだ。それを私がもらって寝室も作った。歴代の皇太子が使う慶心殿は俺はどうも慣れなくて、派手好きの弟皇子を住まわせた」

広い部屋は好かないのだ、とサーシェンは肩を寄せる。

第二皇子の芳《ファン》俊《ジュン》が皇帝の私室に次ぐ慶心殿に入ったことで、第二皇子を皇帝としたい一派が勢いづいた——という噂は聞いていたが、皇太子の希望だったとは。

小机を挟み向かい合って座ると、世話役の宦官《かんがん》たちが茶と菓子を運んできた。下がる際にサーシェンが「彼を」とささやいた。自分に会わせたいと言っていた者のことだろう。

その〝彼〟が来る前に、聞いておきたいことがあった。

「僕の知っているサーシェンと、皇太子のその……お人柄の噂とがまったくかみ合わないんですが、これは一体……」

サーシェンは「俺は多面体の男だから」とおどけてみせる。

「ルイの知っているサーシェンはどんな男なんだ？」

ずいと近寄って、興味津々な様子で尋ねてくる。

「えっと……」

考えている間に、サーシェンが勝手に「美男だとか」「優しいとか」「男の自分もうっかり惚《ほ》れそうとか」と促してくる。

「仕事にやる気がなさそうで、僕以外には喧嘩《けんか》腰で……」

「お前に集まる悪い虫を追い払っていたんじゃないか！　自覚がないとは罪深い……」

「僕は虫が寄るほど不潔にしていません」

「そういうところなんだよ、そういうところ」

納得いかないまま、宦官が格子戸の奥で「お連れいたしました」と声をかける。

サーシェンが入室の許可を出すと、格子戸がすす……とゆっくり開いた。

ひょこ、と格子戸の隙間から見えたのは、黒い毛だった。犬や猫の前足にしては太い。

もさっ、と現れたのは、黒毛の手足、白毛の胴体と顔。そして耳や目の周りだけが黒毛の——。

「大熊猫《パンダ》……？」

しかも成体ではなく、膝の上に乗るくらいの子どもだった。

驚くのはそれだけではない。

その子パンダは、二本足で立って部屋に入ってきたのだ。振り返って格子戸まで丁寧に閉めている。

「こちらへ」

サーシェンが手招きすると、子パンダは二足歩行でとことこと近寄ってきた。半分くらいまで距離を詰めたところで、どてっと転んでしまう。しばらくうつ伏せていたが、何を考えたのかコロコロと横回転をして近づいてきた。

子パンダがサーシェンのそばで回転を止め、むくりと起きる。サーシェンが「土産の菓子を食べるか？」と聞くと、子パンダはぱっと両手を開いた。

「たべる」

そう言って、黒い手で「はっ、あかん」と自分の口を押さえた。

ルイは何度も瞬《まばた》きをした。

（子パンダが二本足で歩いて、しゃべった……？）

目を擦るルイに、サーシェンが笑いながら問いかける。

「驚いたろう？　このパンダ、しゃべるんだ」

子パンダはお土産にもらった栗《くり》の甘煮を頬張りながら、ぶんぶんと首を横に振る。どうやら否定したいらしい。

「一体どのようなからくりで……」

ルイが子パンダの背中を見る。精巧に出来たからくり人形かと疑ったのだ。

「本当のパンダなんだ。名前はシー」

「シーやない、スー《思》や！」

頬張った栗を散らしながら、子パンダことスーがサーシェンに抗議する。そしてまたはっと口をおさえて「しゃ、しゃべってへんよ……スー、パンダやもん」と栗を口に入れた。栗を気に入って堪《こら》えきれなかったのか「おいしいなあ、これ」と聞こえないようにささやいている。

「パンダがどうして、人間のように……」

まだ自分の目が信じられない。栗の食べ方ひとつを見ても、人間の幼児の仕草そのものなのだ。

幻術の可能性を疑い、自身の額に指を当てて幻術を解く仙術をかけてみるが、やはりそこにいるのは子パンダだ。

「一ヶ月ほど前、藍州《らんしゅう》の宇琳《うりん》地方で発見された」

サーシェンの説明にルイは納得した。先ほどからスーの口調が藍州の方面——つまり北方のなまりだったからだ。

この子パンダことスーが、宇琳地方の中規模の村に駆け込んできたのだという。

『たいへんなんや、むらにあかちゃんいっぱい！　たすけて！』

子パンダが半日かけて村人を連れて行ったのは、家が五軒しかない小さな集落だった。そこにいたのは、子パンダの言う通り〇歳から二歳くらいまでの乳幼児十人だけ。大人は誰もいなかった。

盗賊か異国人の仕業ではないかと、助けに入った村の長が郡に知らせた。

その報が中央政府にも届く。しゃべる子パンダと村人の失踪事件――という謎に、礼部が「呪いの可能性がある」と所管することになったという。

礼部、とかつての所属先を聞いてルイの頬がぴくりと動く。

しかし、スーは礼部で一切口を利かなかったという。鞠《まり》で遊んだり、笹《ささ》を食《は》んだりして、終始パンダをしていた。ほどなくして一人の道士が「このパンダには凶兆が見える」と騒ぎ、処分されかけたところにサーシェンが割って入ったのだという。

「無類のパンダ好きで、子パンダが飼いたかったのだ――と嘘を言ってな」

その言葉に、スーが口を縦に開けてサーシェンを見上げる。パンダ好きが嘘だったと聞いて衝撃を受けたのだろう。

「そうして一緒に過ごしていると、時折こうやって言葉をしゃべるようになった。気を許してくれたのだと思うんだが」

サーシェンはスーをひょいと抱き上げて、ルイに突き出した。

「ルイには、この子パンダの謎を解明してほしい。仙術か物の怪《け》か、何かの呪いか――村人が消えた謎の解明にもつながるはずなんだ。大祭を控えているこの時期というのも引っかかる」

「紫琴《しきん》大祭――、そうか、もうすぐなんですね」

五十年に一度、実りの秋に宮廷で開かれる大規模な祭祀。皇帝と皇位継承者が中心となって国の繁栄を占い、祈願する。入念な準備が行われ、宮廷はひっくり返るほどの忙しさになると聞く。一方で、怠れば災いを呼ぶとも言われる行事のため、失敗させて国家の転覆を狙った者も過去にはいた。

（警備に祭祀の準備に、礼部は大忙しだろうな。僕はもう関係ないけれど）

自嘲気味に心の中で呟《つぶや》いて、サーシェンに断りを入れた。

「残念ですが、僕はその謎を解明する立場にないんです。先ほども言ったでしょう、礼部に宮廷を追放されたんですよ」

だから都合が良い、とサーシェンはうなずく。

「俺に、いや皇族に道士の人事権がないことは知っているだろう？」

「確かに、礼部だけは皇族が干渉できないことになっていますが……」

この璃国の中央政府は、皇帝とともに政《まつりごと》の方針を決める太師など「三公」の下に、三省《さんしょう》六部《りくぶ》という組織がある。

中書省、門下省、尚書省があり、尚書省には執行機関である六部——吏部（人事）、戸《こ》部（財政）、兵《ひょう》部（軍事）、刑《ぎょう》部（司法）、工部（建設）、礼部（祭祀）——が属する。その中で唯一、皇帝など皇族の権力が及ばない組織が、ルイが宮廷道士として所属していた礼部だ。

前朝廷が宗教に干渉し、領土内の各部族から抵抗を受けたことで衰退したため、璃国の初代皇帝が政と宗教を分離させたのだ。最近までは、不正に目を光らせる監査組織・御史台《ぎょしだい》の立ち入りも、礼部にだけは認められていなかった。

「礼部に所属していないルイだからこそ、俺が頼めるんだ」

「しかし今の宮廷道士は優秀です、彼らができないことを私ができるとは……それに子どもも苦手ですし……」

そう言ってスーを見ると、視線が合った。スーはなぜかうつむいて栗を抱えると、猫背の二足歩行でとぼとぼと部屋の外へ出た。格子戸の外で待機していた宦官が「おや」と声をかける。

「お庭でお遊びになりま——うわあっ！」

途中で悲鳴に変わる。

サーシェンとともに外に出ると、黒ずくめの男にスーが抱えられていた。

男は数歩下がると、養仁殿の壁を駆け上がる。

（連れ去る気だ！）

サーシェンが「弓を！」と叫び、側近から受け取った。ギリ、と弦を引き、すかさず放つ。

まっすぐ飛んだ矢が、塀に昇った男の腕に突き刺さった。

その瞬間、抱えられていた子パンダのスーが離され、人の背の四倍はある高さから落下する。

「危ない！」

ルイは額に当てた二本指で「風」の古代文字を空に書き、スーに向けた。

突風が吹き上げ、木の葉を巻き上げる。風圧でスーの落下の速度が弱まったところにルイが駆けつけて抱き留めた。

ずっしりと子どもくらいの体重があるのに、ふわふわで想像よりも柔らかい抱き心地だった。

「間に合った……」

サーシェンは黒ずくめの男に矢を数本放ったが、逃げられてしまった。養仁殿の護衛武官に追跡を命じると、ルイとスーに駆け寄る。

「無事でよかった、まさか実力行使に出るとは……」

サーシェンは犯人を知っているかのような口ぶりだ。視線で問うと「弟だろう」と白状した。

第二皇子ファンジュンは無類の毛皮好きで、古今東西の珍しい毛皮を集めている。そんな第二皇子が「世界に一つだけの、しゃべる毛皮」であるスーを手に入れようと、頻繁にサーシェンのもとに通っていたのだという。

スーはルイの袖をぎゅっと握った。その爪の先はかたかたと震えている。

（ああ、この子は人間だ）

親はどうしたのだろう、なぜパンダの格好をしているのだろう、どうして自分が人間だと認めないのだろう——そんな疑問がよぎるが、そんなことよりも、この震えをなんとかしてあげたかった。

「スー、聞いて。僕は道士なんです。今から怖くなくなる仙術をかけますよ」

そう言ってスーを抱きしめて背中をさすった。恐怖を取り除く仙術など、もちろん嘘だ。本当は触れたところが少し温まるだけだ。

それでも落ち着いたのか、スーの手の震えが止まり、呼吸も整ってきた。

ルイは、スーの手をそっと握る。離れた村に、たった一人で助けを呼びに行ったスーのことを思いながら、彼と視線を合わせた。

「こんな小さな手で、たくさんの命を守ったんですね。本当によく頑張りましたね」

スーのつぶらな瞳が揺れ、ぽろぽろと涙がこぼれた。

「う、うそいうて、ごめんね……スー、ほんとは、パンダやない。ふつうのこ……」

横で聞いていたサーシェンが、まるで初耳かのように驚いて見せた。

「なんと、パンダではなかったのか。驚きだ」

スーが彼なりにパンダのふりをしていたことを知っていたので、気を遣ったのだろう。

ルイの膝の上でゆっくりとうなずいたスーは、精一杯の言葉で語り始めた。

「めがさめたらもこもこになっとった」

スーの言葉を咀嚼《そしゃく》するとこうだ。

三歳のスーは、気づけば手足が毛むくじゃらになっていて、村の大人たちは誰もいなくなっていたのだという。なぜか各家でスーより小さな赤ちゃんや幼児たちが泣いていたという。

「スーがいちばんおにいちゃんでな、おせわしたん。けど、おててがとんがってて……」

そう言って黒いもこもこの手から、とがった爪を見せた。

自力で世話できないと分かったスーは、乳幼児を安全な家に集め、隣の村に走った。

「よるこわいでしょ、あさからはしったんよ。てとあし、ぜんぶつかうとはやくて」

半日かけて隣の村まで走り、助けを求めたスーは、そこで自分がパンダの姿をしているのだと周囲の反応で気づく。

「スーの親もいなかったのか？」

サーシェンが尋ねると、スーは首を横に振った。

「とうちゃんとかあちゃん、おはかのなか。そんちょうさまのいえがスーのおうち」

孤児となり、村長の養子になったのだろうか。

「そんちょうのおうちで、おせんたくとかうまのせわとか、はたらくの」

三歳にして下働きとして引き取られていたというのか――。

故郷が異民族の焼き討ちに遭い、五歳で両親を亡くした自分と重なる。

当時でも相当な不安と絶望にさいなまれていたというのに、スーは三歳ですでに孤児だったのだ。路頭に迷っていたところを運良く道士に保護され、道士になるべく本山で修業させてもらったのは、ルイにとっては幸運だったのだ。

ルイはスーをもう一度強く抱きしめた。

「でもどうして道士の前でパンダのふりをしていたのですか？　人の子に戻してもらえるかもしれないのに」

「しろいふくのひとたち、スーを、こわいかおでみとった」

道士たちが恐ろしく、スーはパンダのふりをして逃げおおせようと思ったという。

ルイはスーのもこもことした前足を握った。

両親を亡くした自分を、一人の道士が拾ってこうやって手を握ってくれた記憶が蘇る。

（一人の道士が私を救ったように、私もこの子を救うことができるだろうか……）

ルイはふかふかのスーを抱きしめて、サーシェンと視線を合わせた。

「サーシェン、この謎の解明に取り組ませていただきます」

ぱっとサーシェンの顔が明るくなって、目尻に笑いじわができる。この顔を見るのが好きで、よく薬膳粥を作っていたのを思い出す。彼の体調に合わせた生薬と、少しの仙薬を混ぜて。

「スーのためですし、唯一の友の頼みでもありますしね！」

そう言って拳を作って意気込みを伝えると、サーシェンはなぜか「友……ね」とうなだれている。やはり皇太子を気軽に友と呼んでは失礼だったろうか。

スーはルイを見上げて「たすけてくれて、ありがとう」と礼を口にする。

（あれ、そういえば僕……）

先ほど風の仙術がうまく使えたことを思い出す。黄州の外れの村で子どもたちに力量を問われたときには、そよ風しか出せなかったのに。焦っていたので何か違う方法を取ったのだろうか。じっと自分の手のひらを見つめるが、やはり分からなかった。


ルイとスーは、皇太子の養仁殿に最も近い「翡翠宮《ひすい》」に住まわせてもらうことになった。本来皇太子妃の居室だが今は空だ。

宮廷道士だったころから、皇太子には妃が一人もいないことは有名だった。当時はさほど関心がなかったが、世継ぎ誕生の見込みがないことが後継争いにも影響していることは容易に想像できる。

武官のふりをしてうろついていたサーシェンとの出会いを、ふと思い出す。「独身同士、仲良くしよう」と握手をしたことを。

「独身という話は、本当だったんですね」

翡翠宮に案内されたルイは、サーシェンを振り返る。

「最初は面倒でそうしていたんだ、誰も彼も愛娘を政争の具として私に嫁がせようとする。かわいそうではないか、愛せないのに」

愛せないのに、という言葉に引っかかりを覚えた。

「過ごす時間が増えれば、情が湧くのでは」

「それを受け入れる日がいつかは来ると分かっていながら、先送りしていた。でも」

「でも？」

「今は違う」

ルイは首をかしげる。サーシェンは数歩ルイに歩み寄り、長い黒髪を一束すくった。

「本当に欲しい者しかいらない、ということだ」

上目遣いでこちらを見るサーシェンは、すっとぼけた不真面目武官の顔ではなく、獲物を狙って低い姿勢を取る虎のように思えた。思わず声が上擦る。

「ぼ、僕が一番近くの翡翠宮に住んでいいのですか？　ますます妃を取る気がないなどと噂されるのでは……」

心配無用、とサーシェンが人差し指を立てた。

「皇太子は女嫌いで、妃の代わりに宮廷道士を囲うらしいと、すでに噂の的だ」

「だめじゃないですか！」

「いいんだ、それで。欲しい者が手に入るまでは。きっと手に入れてみせるから」

サーシェンは顔をくしゃっと崩して笑って見せた。

(本当に好きな人がいるんだな)

女性に好かれない容姿で縁がない自分と、一人だけを思って縁談を嫌うサーシェン。同じ独身でも大違いだ。

心臓のあたりがモヤモヤして、ルイは自分の胸元の服をぎゅっと握った。そんなふうに誰かを好きになれるサーシェンを、うらやましく思ったのだろうか。

「だから、ルイはスーの解明を進めながら、表向きは愛人然としていればいいんだ」

「あ、愛人ですか……」

皇族典範では、皇帝や皇族の寵愛《ちょうあい》を受けた女性は、一国の姫君も下働きの娘でも「妃」という立場を与えられることになっているが、子を産めない男性は対象外のため「愛人」と呼ばれる。待遇は妃と変わらないが、伴侶として世間に認められることはないのだ。

ルイは思わずうつむいてしまった。

「どうした?」

サーシェンが端正な顔でのぞき込んでくる。そばで見ると、切れ長の瞳が意外にも長いまつげに囲まれていることに気付く。

「あの……サーシェンが親友だから言うのですけど……」

そう言って、サーシェンに顔を近づけて耳打ちする。

「色恋の経験がないので、どのように振る舞えばよいのか分からないんです」

サーシェンは「そ、そうか」と、額に手を当てている。なぜか頬が紅潮していて、機嫌がよさそうだ。きっと面白がっているのだ。

「もう、笑わないでください。兄弟子の話題やからかいにもついていけず苦労していたのですから」

「すまないすまない、一切経験なしか。それは大変だ！　皇族の愛人たる心得を教えるから心配しないでくれ」

ルイは「はい！」と気合いの入った返事をして、筆と紙を取り出す。そして、サーシェンがつらつらと諳《そら》んじたこと記した。

「歩くときは腕を絡める、横に座ったら肩に頭を預ける、抱きしめられたら顔を上げて目を閉じる……ふんふん、なるほどなるほど」

「手を握られたら、必ず握り返すこと。あと……好きだと言われたら『僕も好きです』などと愛らしく言うこと。愛人とはとにかく愛をしっかり受け入れることが大事なんだ。何があっても主人の愛を疑ってはいけない」

サーシェンの口から十項目にも及ぶ「愛人所作」が伝授される。

「皇族の愛人の所作というのは、こんなに子細まで決められているんですね……覚えておきます、暗記は得意ですから」

「覚えるだけではだめだ、行動に移さないと。そうすることで互いの愛情が深ま――ではなく、深まったように見えるはずだ」

「そうですね！」

サーシェンが試すようにすとんと長椅子の横に腰を下ろした。

(横に座ったら、肩に頭を預ける！)

ルイはかっと目を見開いて、サーシェンの肩にこめかみを当てた。

(どれくらい体重をかけていいのだろう。あまりすると重いだろうし……)

ルイはサーシェンを見上げて尋ねた。自然と上目遣いになってしまうが、所作を中断することはできないので無礼を承知で。

「サーシェン、重くないですか？　どれくらい身体を委ねていいものなのでしょう」

サーシェンは「んッ」と額に指四本を当てて呻いた。また胃の具合でも悪いのだろうか。

「身体の力を抜いて、自分が楽になれるくらい預けていい、俺だって鍛えてるからな。ルイの体重くらいではなんともない」

「僕が太れない体質を気にしてると知ってて言うんですか？　意地悪ですね……えいっ」

ルイは仕返しのつもりで、わざと体重をかける。

するとサーシェンが肩を抱いて高笑いをした。なぜか顔は真っ赤だ。

「あ、愛人所作の覚えが早いな」

「もっと自然にできるように、しっかり復習しておきますね」

足下でスーが「スーもだっこ」としがみついてくるので、抱き上げて膝に抱いた。

「照れはあまりなさそうだな？」

サーシェンが尋ねてくるので、きっと照れのせいで愛人所作がうまくいかないことを心配しているのだろう。ぐっと拳を握って見せた。

「大丈夫です、心を許した友ですから。恥ずかしくなんかありませんよ。スーの謎の解明も、愛人のふりも、立派に遂行してみせます」

そう伝えた瞬間、サーシェンの表情が消えていく。覇気なくうなだれて「そうか」とか細い声で返事をしてくれた。

どうやら彼は、激しやすいだけでなく、気分が浮き沈みするたちらしい。

（こんなに短時間に理由なく浮かれたり落ち込んだりするなら、日々苦労も多いだろうな。何かいい仙薬が作れないかな）

ルイは頭の中で、生薬の配合と適した仙術を考え始めた。

【二章】

愛人所作十箇条

一、隣に座ったら肩に頭を預ける
一、歩くときは腕を絡める
一、手を握られたら握り返す
一、抱きしめられたら顔を上げて目を閉じる
一、主人に好意を伝えられたら「自分も」と返す
一、自分の胸の内は隠さず素直に打ち明ける
一、いつも主人のことを考える
一、主人以外の男女と親しげにしない、触れさせない、好意を寄せられても断る
一、嫌なこと、不快に思うことは相手が主人であれ我慢しない
一、いつも幸せで健やかに暮らす

サーシェンが教えてくれた「愛人所作」を書き留めた紙を、ルイは読み返した。

（これならすぐに覚えられる）

ただなんとなく、後半に行くほど「所作」というよりは内面的なものが多い気がする。

ルイとスーが過ごすことになった翡翠宮は、サーシェンが許可なき者の立ち入りを禁じた。禁を破れば処刑する、とまで宣言された。もともと人前に出ることなく、冷徹無比で知られた皇太子だ。その言葉が、単なる脅しではないと宮廷の者たちは分かっているようだった。

（あの快活なサーシェンの何が『冷徹皇太子』などと誤解されたのだろう）

ルイは首をかしげながら「愛人所作十箇条」を懐にしまった。

翡翠宮に移って五日、あれよあれよという間に境遇が一変したルイだが、一つだけ理解したことがあった。

サーシェンが想像以上に宮廷内で恐れられている、という事実だ。

その名の通り翡翠を多く装飾にあしらったこの翡翠宮は、寝所や応接間など五つの部屋でできている。そのうち一つが、交代で世話をしてくれる女官たちの部屋で、彼女たちのひそひそ話が夜な夜な聞こえてくるのだ。

「皇太子殿下の不興を買ってしまったらどうしましょう、遺書を準備しなきゃ」「でも皇太子殿下の側室になる好機でもあるわよね、お仕えするのが男性だなんて想像していなかったけれど余計に勝ち目があるかも」「シッ、殿下のお耳に入ったら処刑されてしまうわよ」

笑顔で接してくれる彼女たちだが、ルイの顔色をうかがうような様子をしきりに見せる。

正確に言えば、ルイを怒らせて皇太子の不興を買うことを恐れているのだ。

衣類や宝飾品を保管する部屋を、ルイのために研究室として改装したときも、職人たちは必死になって工事を急いだ。茶を出して休憩するよう促しても「皇太子殿下が急げとのことでしたので」と、休むことが罪かのように完成を急いだ。

とにかく自分に関わる誰もが、背後のサーシェンに怯《おび》えていたのだ。

（激しやすい性格のせいで何かあったのだろうか……しかし『冷徹皇太子』というよりは『烈火』という印象なんだけどなあ）

「おーい、きょうのだっこはまだですか〜」

スーが二本足でよたよたと歩きながら近寄ってくる。

翡翠宮で一緒に寝起きしているスーは、パンダのふりをやめると、本当に三歳年相応の子どもだった。抱っこされるのがとても好きで、翡翠宮の女官たちにも「スーかわいいやろ、だっこして」とせがむ。女官たちには、山奥で見つけたしゃべる珍しい子パンダを極秘裏に飼っている、と伝えているので、あまり不思議がってはいないようだ。

「スー、おいで。抱っこしてお薬の部屋に行きましょう」

ルイがスーを抱き上げて歩き出す。スーはぽつりと漏らした。

「またおくすりのへやかあ……にんげん、もどりたないなあ」

「なぜですか？」

「パンダ、かわいいもん」

そんな会話をしながら「お薬の部屋」に向かう。

お薬の部屋とは研究部屋のことだ。礼部と変わらぬ設備が用意された。ただ間取りの関係上、生薬は最低限しか置けないので、必要な物がすぐ調達できるよう、薬売りだけは出入りが許可された。

礼部時代から自分の元に出入りしてくれていた薬売りの青年シュエ《薛》が、毎日午前のうちにやってくる。

「どうもルイさん、人参と山梔子《さんしし》を持って来ました。あと大棗でいいのが入ったんでどうかなと思って」

シュエはにっと笑って糸目になった。二十歳になったばかりの人なつっこい青年で、宮廷道士だったころから生薬と一緒に果物や花を差し入れてくれる。そして、今日も――。

「あの、これも……一年ぶりにあなたのもとに納品できて嬉しいです、おかえりなさい」

シュエは白い水仙を一輪、ルイに差し出した。

「きれいですね……寝室に飾りましょう、ありがとうシュエ」

ルイは受け取ると、湿らせた綿花で茎の端をくるむ。

そして、ふと思い出す。

(そういえば宮廷道士だったころは、こんな場面でよく武官姿のサーシェンが現れて、怒り

狂ってシュエを追いかけていたなあ）

『この薬売りめ、ルイに色目を使ったな』『男と男の勝負だ』『ルイをそんな目で見るな、このスケベ小僧』

罵詈雑言《ばりぞうごん》を並べ立て、ときには弓矢で狙いを定めながら追いかけていた。

（今思えば、サーシェンは性格が原因というより、皇太子だったせいで友が少なかったのだな。それで嫉妬《しっと》が働いたんだろう）

同じことを思い出したのか、シュエが頭をかきながら笑った。

「以前はあの嫉妬深い下級武官に追いかけられてましたけど、さすがに翡翠宮までは来ませんからね。ここは皇太子のお許しがない限り立ち入り禁止だから安全だ、ハハハ」

「——楽しそうだな、薬売り」

低い声に、シュエがさっと青ざめる。二人で声のした庭を振り向くと、背の高い皇族——しかも皇太子にしか許されていない臙脂の衣を纏った男が立っていた。手にはなぜか弓と矢。

「も、もしや、皇太子殿下……？　えっ、なにこの既視感」

シュエは膝をついて、地面に伏した。サーシェンは歩み寄りながらシュエに語りかけた。

「我が国に於《お》いて水仙の花言葉はなんだ、申してみよ」

「ぞ、存じ上げません」とシュエが震えた声で漏らす。

「嘘だな、怒らぬから申してみよ」

「……『何があっても愛する覚悟』です」

「やはりそうではないか！　このスケベ小僧！　また性懲りもなくルイに色目を使ったな」

聞き慣れた罵詈雑言に、シュエが「えっ」と顔を上げる。そして、サーシェンの顔を見て腰を抜かした。

「あ――――っ、嫉妬狂い下級武官！」

「今日こそ成敗する、男と男の勝負だ！」

「ちょっと待って、何その格好、皇太子殿下？　武官？　どういうこと！」

シュエはサーシェンに追いかけられながら、庭を逃げ惑う。

サーシェンはシュエの足下を狙っていくつも矢を放つ。ことごとく外れて地面に刺さるが、先日黒ずくめに命中させた腕前を見るに、わざと狙いを外しているのだ。

そうとは知らずシュエは必死に逃げ回っている。なんだか昔に戻ったような気持ちになったルイは、くすくすと笑ってしまうのだった。

礼部を――宮廷道士だったルイの周辺をうろついていた下級武官が、実は皇太子だったと知ったシュエは、混乱しながら帰って行った。それでも真面目な彼のことだ、また明日も頼んだ生薬を持って訪ねてきてくれるだろう。

一方のサーシェンは、むすっとした顔で翡翠宮の長椅子に腰掛けていた。

「結局あの薬売りを信用するのだな、ルイは」

面白くなさそうに出された白桃茶をすする。いくつか気持ちを静める生薬を粉にし、混ぜておいた。

「彼は嘘をつかないので。商売のためというより、人のために働いているという心持ちが、僕はとても好きなんです」

「ふん、いい弓の的ができたよ。結局一年前と同じことの繰り返しだ」

「どうしてそんなに意地悪するんですか？　僕がシュエと交友を深めたって、あなたの友人をやめるわけではないのに――」

サーシェンは茶台に器を置いて、じとりとルイを見た。なぜか責めるような視線だ。

「分かっていないのはルイだ、俺の気も知らないで。誰にでも笑顔を振りまいて」

「いつも機嫌が悪い人間なんて鬱陶しいでしょう」

突然、女官に鏡を持ってこさせたサーシェンが、それをルイに向ける。

「ルイは自分のことも分かっていない。よく見ろ、その顔を！　お前が笑うだけで、何人の心臓を貫いていると思ってるんだ」

鏡に映った自分は代わり映えのしない、いつもの顔だ。ルイは一応頬や眉に触れて異変がないことを確認してから抗弁《こうべん》した。

「そんなに怖い顔じゃないですよ僕は、いつもと同じ顔じゃないですか」

「ほら、ほら。やはり分かってない。試しにスーに向かって笑ってみろ」

横で鞠を抱えてごろごろしていたスーと視線を合わせ、笑って見せる。

サーシェンに「どうだ、ルイの笑顔は」と尋ねられたスーは、ぽりぽりと白くて柔らかそうなお腹をかいた。

「スーのつぎにかわいい」

「そういう考え方もあるな……」

ルイは、先日サーシェンは頬杖《ほおづえ》をついてすねた。燭台《しょくだい》に下がる色とりどりの玉をつまらなさそうに弾く。

サーシェンから教わった「愛人所作」の十箇条を思い出す。

――主人以外の男女と親しげにしない、触れさせない、好意を寄せられても断る

この所作ができていないことをサーシェンは怒っているのだろうか。ルイはそっと横に座って、サーシェンの肩に頭をこてんと預けた。これも覚え立ての所作だ。

彼の肩がびくっと震えたので、まずかったのかと一瞬頭を上げるが、大きな手で肩の方へと引き寄せられた。ふいに、膝の上に乗せていた手の甲に人肌が触れて温かくなる。サーシェンの手の平だった。

愛人所作の一つ、手を握られたら握り返す、が浮かぶ。

「試験ですか？　僕は暗記が得意だと言ったでしょう」

重ねられた右手をくるりと返して、手の平を合わせる。サーシェンの指の間に、自分の指を交互に差し入れてぎゅっと握った。

（あ、硬い）

サーシェンの手の平は、指の付け根など一部だけ硬かった。剣を使う者の手だ。ルイは指を開いたり閉じたりしてその硬さを確かめた。

「な、何を」

サーシェンの声が裏返る。

「武官のふりをするだけあるなあと……鍛えているのですね」

それが分かるのは、ルイも剣術をたしなんできたからだ。今は仙術が重宝される道士だが、その昔は物の怪や死霊を払う際、剣に仙術を乗せていたので修業では必ず学ぶ。ルイは苦手でなかなか及第点がもらえなかった分野なのだが。

ちらりと視線を上げると、サーシェンと目が合った。

皇帝以外の皇族が着る臙脂色の上衣と裳は、何人もの職人が時間をかけて施したであろう細密な刺繡《ししゅう》襟、凜々しく整えられた眉になめらかな肌、たきしめられた白檀《びゃくだん》の香り――。

誰が見ても、堂々とした皇太子だ。ルイはなぜか胸がちくりと痛んだ。

（僕の知っているサーシェンではないんだな）

へらへらと笑ってやってきては、あっというまに薬膳粥を平らげていく、出世の見込みはなさそうな下級武官――ルイの唯一の友人サーシェンがいなくなってしまったようで。

「まじまじとこちらを見てどうした、穴が空きそうだ」

なんでもない、と答えようとして、ルイは再び十箇条を思い出す。

——胸の内は隠さず素直に打ち明ける。

「その……ちょっとさみしくなってしまって」

「こんなに触れているのに？」

「接触のことではなくて、サーシェンは皇太子殿下だったんだなって。僕の友人は、だらしがなくて、よれよれの袍衣を着ていて、仕事を真面目にしない武官のサーシェンだと思っていたので」

「ひどい言われ方だな」

「僕の唯一の友は、そんな人です」

研究に明け暮れる自分を、よく街に連れ出してくれた。

都の城下町は、大陸の交易路の終着点になっているため、様々な国の民族や、それ目当ての商売人で活気づいている。そこでよその民族と交流し、彼らの生活習慣や知恵から研究の手がかりを得たことも多々ある。

何より、世界が広いことを教えてくれた。いまは地図から消えてしまった故郷と、道士になるべく修業に明け暮れた本山と、礼部の息苦しい人間関係しか知らなかったルイに、サーシェンは教えてくれたのだ。

世界は広く、色々な人種、民族がいて、それぞれに文化や風習、価値観があることを。

あの楽しかった日々を思い出すと、ふふっと思わず笑いが漏れてしまう。

「まるで死者を懐かしんでいるようだな、ここにいるというのに」

「だって……あなたは皇太子殿下です」

「肩書きが貼り替えられただけだ」

「何を考えているのかも分かりません」

「聞いてくれたら答えるよ、お前になら」

手をぐっと握り返してくる。

ふと視線をやった鏡台に、自分たちの姿が映っていた。

長椅子に寄り添って腰掛け、手をつないでにぎにぎとしている様子は、まさに仲睦《なかむつ》まじい夫婦そのもの。教わった所作の通りに実行しただけだが、その姿を目の当たりにしたルイは顔がかーっと熱くなるのを感じた。

ルイは空いているほうの手で、ぱたぱたと顔を扇いだ。

「やはり長く伝えられてきた皇族の愛人所作はすごい効果ですね……ふりとはいえ、僕も胸がどきどきして顔が熱くなってしまいます」

サーシェンがぱっと手を離して、手の平で額を押さえた。具合でも悪くなったのかとのぞき込むと「所作の効果は困ったものだな」と顔を赤くして笑っていた。

「名だたる愛人が皇帝を虜《とりこ》にしてきたのでしょうから当然ですね、違和感のないよう頑張っ

て演じますから心配しないでくださいね！」

ルイは両手で拳を作って、むんと胸を張った。

しばらくルイを見つめていたサーシェンが、ルイの手首を摑んで引き寄せた。

ぼすん、と胸の中に飛び込む形となったルイは、慌てて身体を起こそうとするが離してくれない。

「サーシェン？」

顔を上げると視線がかち合い、無言で見つめ合う時間が過ぎていく。その視線から熱でも注がれたのか、ルイは顔がさらに火照った。

心臓の音がうるさい。手首に指を当てて測らずとも分かる、心拍数がかなり上がっている。

サーシェンはぽつりとこぼした。

「ルイは俺のことを、どう思っているんだろうなあ」

そう問うてくる顔は、なぜか曇っている。

ルイは戸惑うも、愛人所作にならってうなずいた。

――主人に好意を伝えられたら、「自分も」と返す
その応用を求めているのだな、とルイは察する。

「好きですよ、あなたといられて僕は幸せです」

そう言って、自分を抱きしめている彼の背中に手を回した。

愛人所作としての仕草だが、口にした言葉は違和感なく連なった。半分は——いやかなりの部分は事実だからだ。

宮廷を追放されて黄州で暮らしていたときも、通り過ぎる武官の姿にサーシェンを重ねていたし、ことあるごとにサーシェンのことを思い出していた。

彼に抱く親愛の情に嘘偽りはないのだ、とルイは自分の気持ちを整理する。そしてほっとしている自分がいた。

(またこうして再会できて、本当によかった)

ふふ、と女性の笑い声が聞こえた。

すっと扉が開き、お茶を持った女官が入室してくる。

ルイは慌ててサーシェンから身体を離した。その瞬間、サーシェンがわずかに不満そうに見えたのだが気のせいだろうか。

女官は器に茶を注ぎながら口を開いた。

「どう思っているなどと……愛人の意志など確認する必要はございませんのに、意のままにならぬことなど皇太子殿下——いいえ未来の皇帝陛下にはないのですから。どうぞ、西国から取り寄せた珍しいお茶ですわ」

二人が密着していたことなど気にも留めず、給仕をした。

彼女は女官のなかでも父親の位の高い娘だった。

そしてよく女官部屋で、サーシェンの寵愛を受けたいと野心的な発言をしているのも彼女だ。

豪奢《ごうしゃ》な耳飾りがシャラリと揺れる。茶を出しながら、サーシェンをちらりと上目遣いで見上げた。微笑む口元の、差した紅がとても鮮やかだ。

本来はこのような美女が、サーシェンの横にいるべきなのだろうとルイはぼんやりと眺めていた。

「そなた、名はなんという」

サーシェンが微笑んで尋ねると、女官がぱっと顔を上げて「シュエメイ《雪梅》でございます」と明るく答えた。

直後、サーシェンの声が低く沈んだ。

「誰が入室していいと言った」

今から処刑が始まるかのような声音だった。

青ざめた女官・シュエメイが手を震わせ「出過ぎたまねを」とその場に伏せた。

「お前に、ここで勤める資格はない、荷物をまとめて実家に帰るがいい」

「そ、そんな……っ」

「私のいるときにだけお前は茶を出しに来るのだな、しかも念入りに着飾って」

なんらかの方法で女官たちの行動もサーシェンは把握していたようだ。

内廷の女官には身分の高い子女が任命される。そこで皇族に気に入られ側室になった者も珍しくない。期待するなという方が難しいのに。

「小賢《こざか》しい者は好かない、ルイに誠心誠意尽くせる者だけが翡翠宮にふさわしい」

横で沙汰を伝えるサーシェンが、一瞬別人のように見えた。目から光が消えるどころか、吸い込まれそうな闇を孕《はら》んでいる気がして。ぞわりと鳥肌が立つ。

シュエメイは震えながらも許しを請う。

「お許しを……父に何と言ったら良いか……」

おそらく高官である父に「皇族になんとしても取り入れ」と命じられていたのだろう。政争の具にされているのだ。

「ではお前の首を父親に送るか、お前の父親ごと宮廷から追放するか——どちらか選ばせてやろう」

シュエメイが「ひっ」と悲鳴を上げた。

「こら！」

ルイは思わずサーシェンの手の甲をぺちっと叩いた。冷酷な皇太子ではなく、いつものサーシェンに戻ってほしかったからだ。

「なんて人でしょう、女性を脅すなんて」

サーシェンは不満そうな表情でルイを見下ろした。

「脅してない」

目に宿っていた闇色は消えていて、思わず安堵する。

「女官には優しくしてください。僕のために頑張ってくださってるんですから。それに彼女はスーにとても優しいんですよ。自分の知っていることだけが世のすべてですか？」

シュエメイははっとしてルイを見上げた。

そう、彼女が一番スーの「抱っこして」を受け入れて、どんなに忙しいときも抱き上げてくれるのだとルイは気づいていた。

「俺は色目を使われるのが嫌いだ」

「女官には女官の事情があるのです、お分かりでしょう。では彼女に適した配置換えをしてあげてはどうですか」

サーシェンはルイの提案にうなずく。

「弟のファンジュンのもとへ行かせよう。あいつは着飾った美しい者を好む」

「そうですね、彼女はおきれいですから」

震えながら頭を下げるシュエメイを退出させると、サーシェンは不満そうに呻いた。

「そうやって他人は大切にするんだな、俺のことは置き去りにしたくせに」

痛いところを突かれる。

「それは本当に悪いことをしたと思っています……怒っていますか？」

「悲しみに暮れて三日ほど寝て過ごした。俺を哀れに思うなら、二度といなくなるなよ」

サーシェンはルイの膝にどすんと頭を乗せた。顔は見えなかったが、紅く染まった耳が、今の言葉は本心なのだと教えてくれるのだった。

するとスーが「スーのおひざや」とサーシェンの手に噛《か》みつき、「俺のだ」「スーのや」と二人でルイの膝の取り合いが始まったのだった。


水鏡に映る、白と黒の被毛に覆われた自分の顔を、スーは手の爪でちょいちょいと突《つつ》いた。

内廷から少し離れた中庭の池で、鯉《こい》が気持ちよさそうに泳いでいる。翡翠宮の庭には池がないので、ルイは少しだけスーを連れ出して遊ばせていた。「お外に出るから、おしゃべりは禁止」と約束して。

紅白の鯉がぱしゃんと跳ねる。その水がスーにかかると、慌てて顔をくしくしとパンダの前足で拭っていた。微笑ましく見つめていると、背後から、聞き覚えのある声がする。

「何しに戻ってきた」

明確な敵意を孕んだ声だった。

振り返ると、白い仙服姿の兄弟子が立っていた。帯には象牙の玉佩《ぎょくはい》。宮廷道士のなかでも上位の者に与えられる装具だ。出世をしたのだろう。

「ズーハンさま」

ルイは拝礼をし、顔を上げた。

「答えろ、何しに戻ってきた。私に復讐でもしに来たのか？　それとも妨害工作か？」

少しやつれたようにも見えるズーハンは、ルイに詰め寄った。

彼の「復讐」という言葉の意味も分かる。ルイを宮廷から追放した急先鋒《きゅうせんぽう》だったからだ。

脳裏に嫌な記憶が蘇る。宮廷からの追放が決まった当時の——。

＋＋＋

『ルイの薬条道士としての活躍はめざましいな』

宮廷道士を束ねる道士長が、実験中のルイの肩をぽんと叩いた。

『いえ、まだまだ修業が足りません。他のことはからっきしですから……』

ルイは三十五種の生薬を煮出した液体を器に注いだ。自身の額に指先を当てて、ネズミの肝臓を脳裏に思い描く。その指で古代文字「緩徐逆行」と空に書き液体に向ける。触れていないのに器の液体にはいくつもの波紋が浮かび、湯気を上げた。それをさじですくって、ネズミに飲ませた。

『さて、どうなるでしょう……一月ほどで肥大した肝臓が元に戻れば成功です。この変化が急激に起きてしまっても他の臓器に影響を及ぼしてしまうので』

『何度見ても分からないな、この遡及仙薬の作り方は』

道士長の感嘆の声に、ルイは照れた。

『成功したら褒めてくださいい、まだ一進一退です』

ルイの開発する仙薬は、これまで誰も思いつかなかったものだった。病にかかった臓器の〝時〟を、限定的に遡《さかのぼ》らせるのだ。遡及という仙術自体が難しい上に、どこまでも遡らせると最終的には細胞が消滅に向かい、命に関わる。一定の健康な臓器に戻ったところで効果が切れるようにするなど、高度な技術と調整が必要だった。

『完成が見えてきたと聞く。期待してるよ』

『はい、一年前にこの薬で治癒したネズミもいまのところ健康ですし、これが完成すれば不治と言われた多くの病に対応できます。完治せずとも痛みや症状の緩和はできるでしょう。たくさんの人が助かるようになりますね』

『おそらくそのことだろうが、礼部尚書がお呼びだ。午の刻に訪ねなさい』

ルイは拝礼しながら返事をした。

(礼部尚書――礼部の頂点に立つお方が、僕に何の用だろうか)

礼部の最奥《さいおう》にある尚書室に、ルイは時間通りに訪ねた。

清廉潔白を掲げる礼部の象徴・白を基調としたその部屋には、白髪の柔和な壮年――礼部尚書と、いかつい髭《ひげ》面の男がいた。二人の官服の色は翡翠。各部の長《おさ》である尚書級のみが着用できる色だった。髭男の腰の長刀を見るに、軍事を司る兵部尚書のようだ。

『来たね、ルイ。座りなさい。研究は進んでいるかね、例の薬は』

ルイは拝礼すると、ひざまずいて答えた。

『はい、まだ調整に時間はかかりますが、臨床に入れたら一年ほどで――』

『まだ一年もかかるのか！』

髭面の男の言葉がルイの報告を遮る。まあまあ、と礼部尚書がそれをなだめ、ルイに優しく問うた。

『どこで手間取っているのかね？』

『臓器を健康な状態にまで遡らせる加減が患者によって違うので、それをどのように測って効果を持たせるか――その方法がまだ確立しておりません。遡及が続くと臓器が崩壊したり消滅したりしてしまいますので』

礼部尚書は『なるほど、ならば大丈夫だな』とうなずいた。

何が「大丈夫」なのだろうか、と顔を上げると、礼部尚書が口を開いた。

『その研究、方針の転換を命じる』

『転換、ですか』

礼部尚書はうなずいて、髭面の男に視線をやった。

髭面の男はやはり兵部尚書だった。普段相まみえることのない尚書の二人を前に、ルイは緊張で手の平にじっとりと汗をかいた。

兵部尚書はルイの向かいに座って、威圧的にこう言った。

『その時間を遡らせる効果が、全身に行き渡るように作ってほしいのだ』

『若返り……ということでしょうか。それは礼部尚書もおっしゃるでしょうが理に反するのでできません』

細かいことを、と兵部尚書はいらついた様子で脚を組み替える。

礼部尚書に視線で助けを求めるが、彼は白髪を揺らしてゆっくりとうなずいた。

『ルイ、兵部尚書に従いなさい』

耳を疑った。

道士を目指す者たちは本山で修業に入る前に、数百にも及ぶ戒律を暗記しなければならない。それほど重んじている戒律を破れと、道士の頂点に立つ礼部尚書が言うのか――。

『兵部の目的が分かりかねます、兵士の増強に使用するということですか?』

ルイの問いかけに髭の兵部尚書が声を荒らげた。

『それはお前の知るところではない! できれば即効性も――』

『できません』

ルイは声を振り絞った。

本山の師の顔が浮かび、彼が繰り返していた言葉が耳殻でこだまする。

「仙術は、仙人になる者が身につける術――つまり仙人に値する者しか本来は身につけてはならないものだ。人と違う能力を持つには責任が伴い、行使には倫理観が必要とされる。そのため道士は、戒律を自分の魂に刻まなければならない」

僕も今そう強く思っています、とルイは老師に呼びかけた。

自分は物の怪を払ったり人を助けたりする術は苦手だけれど、調薬に関する能力にだけは恵まれた。この能力を、戒律に背いて使用するなど、いくら礼部尚書の命令とはいえ言語道断だ。自分は、宮廷の者である前に、戒律を重んじる一道士なのだ――と。

兵部尚書が腰の長刀に手をかけて脅した。

『上の命令に背けばどうなるか分かっているのか』

『どうぞお斬り捨てください。僕は薬条道士です、人を苦しみから救うためにのみ仙術を使います。それが違反だと言うのなら、ここで殺していただいたほうがましです』

恐怖はなかった。戒律を破って手がけた仙薬が戦に転用されるくらいなら、その元凶となり得る術者が消えるべきなのだ。老師もきっと同意してくれるだろう。

カチと音がしたのは、兵部尚書が刀を抜いたからだろう。成績は振るわなかったが本山では剣術も学んだので分かる、彼はかなりの使い手だ。抜きざま首をはねられてもおかしくない。

『まあまあ、お待ちなさい』

礼部尚書が間に入ると、兵部尚書の刀が鞘《さや》に収まった。シュ……っと音がしたので、礼部尚書の仙術が刀に働いたのかもしれない。道士の頂点に立つ人物だけあって、いつ仙術を使ったのか全く見て取ることができなかった。発動にもたつく自分とは大違いだ。

『ルイの意志は固いのだね、これが〝上〟の命令でも』

上、とは皇帝のことだろうか。そうならば処刑されることになるだろう。それでも――。

『はい、従えません』

まっすぐ礼部尚書を見返した。離れた場所から兵部尚書の舌打ちも聞こえる。

『残念だよ』

礼部尚書は、沙汰を伝えるわけでもなく、そう一言だけ告げてルイを退室させた。

しかし、命令に背いたという事実はすぐに礼部全体に知れ渡り、宮廷道士たちからは冷ややかな視線を向けられる。なかでも、兄弟子であるズーハンからは、ひどく指弾された。

ズーハンはもともと、指示や要求の多い兄弟子だった。自分と同じ香を使え、部屋に他人を入れるな、慕っている者を問われたら自分の名を言え――。処世術を知らない自分を守るために、そう指導してくれているのだと思っていた。

一年ほど前、夜に部屋にやってきて「酌《しゃく》をしろ」と命じられた。そのとき彼の服に酒をこぼしてしまい、翌日からルイにひどく当たるようになった。何度非礼を詫びたいと伝えても、袖にされた。

そのズーハンが、命令に背いたことを咎める急先鋒となった。

「ワン・ルイは宮廷道士に到底ふさわしくない」

礼部尚書宛てに連名で上申書を出し、ルイの宮廷追放を求めたのだ。

礼部尚書は『ルイの意志に任せる』としか答えなかったが、もはやルイが残る余地はなかった。相当嫌われていたのか、直属の上司に説明しているうちに部屋も何者かに荒らされていた。さらに水害でも起きたように水浸しに。これまでの研究の記録などもすべて廃棄した。貴重な研究記録を過失により解読不能にした、という理由が命令違反に加わり、ルイは正式に追放処分となったのだ。

そうしてルイは、サーシェンに何も告げず宮廷を去った。

＋＋＋＋

兄弟子ズーハンは、追い出したはずのルイが再び宮廷にいることに驚いているのだろう。そして自分が恨まれていると――。

「いえ、僕はそもそもズーハンさまを恨んでいませんし、妨害とは……」

水遊びをしていたスーを抱き上げて身構えた。ズーハンが殺気立っているのが分かる。

一体自分が何をしたというのだ。

「あの仙薬の研究を放棄したのはお前だ、取り戻そうとしても止めようとしても無駄だぞ」

あの仙薬、とはおそらく追放のきっかけとなった、患部の時間を遡らせる薬のことだろう。放棄はしていない、水浸しになって読めなくなったので捨てたはずだ。なぜズーハンは取り戻す、止めるなどと言っているのだろうか。

「ズーハンさま、あの仙薬の記録は水浸しになって……」

そう言いかけて、口も身体も動かなくなった。ズーハンが拘禁の術をかけたのだ。口も利けないとなると、不言術も合わせて。

手練れの道士ならこの程度の術を簡単に解くことができるのだろうが、薬条道士の能力のみが突出しているルイには難しかった。

「全てを台無しにして、お前を追い出した私に復讐する気なのだな、皇太子殿下に色目を使って愛人になってまで……！」

誤解だ、と言いたかったが口が開かない。手からスーの震えが伝わってくる。ルイの腕の中で怯えているのだ。

ズーハンが術をかけた手をこちらに向けたまま歩み寄る。そうしてにっと口の端を引き上げた。

「あの仙薬は私が完成させる、もう私の実績となるのは間近だ。お前に邪魔はさせない」

(どういう意味だ……？　研究を引き継いで若返りの薬を作っているということなのか)

ズーハンが身動きの取れないルイの黒髪を一房摑んだ。何を思ったのかそれをじっと見つめている。

術をかけられていないスーが勢いよく払った。

「ルイにさわるなッ」

抱いていた子パンダがしゃべったことにも驚いていたが、ズーハンはスーの爪で手の甲に傷をつけられたことに激昂していた。

「何をする！　この――」

ズーハンが鉄扇をスーに向けて振り上げた瞬間、ルイとズーハンの顔の間に、きらりと光るものが差し込まれた。

自分の顔がちらりと見えたので一瞬鏡かと思ったが、ズーハンの顔色が真っ青になっているのを見て、それが刀剣であることに気づいた。

「動いたら首をはねる」

低く、感情のない声が響く。

その瞬間、拘禁の術と不言術が解けた。

刀の持ち主は予想通り、サーシェンだった。

行事だったのか、頭には冕冠を被っていて、そこからいくつも垂れ下がる玉飾りのせいで

顔はあまり見えない。

ただその声音だけで、サーシェンが今どんな表情を浮かべているのかが容易に想像できた。

「私のルイに絡むのは、極刑を覚悟してのことだろうな」

サーシェンの後ろには十数人の文官や武官。袍衣が青緑の者ばかりなので、尚書に次ぐ官位の者だと分かる。

武官たちはズーハンの反撃からサーシェンを守れるよう、すでに刀の柄《つか》に手を添えているし、文官たちもサーシェンを止めることなく見守っていた。まるでいつも起きていることかのような涼しい顔で。

「で、殿下……私は……！」

ズーハンの声が震えている。

「道士はいつも遺書を用意していると聞く。いい心がけだ」

喉仏に添えられた刀に震えながらも、ズーハンはぎゅっと目を閉じて声を絞り出すように言った。

「殿下、恐れながら、この……ルイは、この器量で男を惑わす不埒《ふらち》者なのです……騙《だま》されてはなりません……！」

サーシェンを止めようとしたルイは「えっ」と声を上げてしまった。男を惑わせたことなど一度もないし、何ならその容姿が原因で縁談も断られたというのに――。

こめかみをぴくりと動かしたサーシェンが、より静かで感情のない声で問いかける。

「まるで被害者が身近にいるような口ぶりだな？」

「ち、違います……！　ただ殿下を思って……！」

青かったズーハンの顔が、急に赤くなった。

今だ、とルイはサーシェンのかざした刃先を三本の指で摘《つ》まんだ。

それに気づいたサーシェンの瞳から、闇色が消えていく。

「サーシェン、お戯れはいけません。僕たちは旧交を温めていただけです」

「そのようには見えなかったが」

「道士には道士のやり方があるんですよ」

サーシェンは刀を鞘に収め、ふうと大きくため息をついた。そして立ち尽くしたズーハンの背中にこう言い捨てる。

「今度ルイに近づいたら、お前の頭は胴体とお別れだ。ズーハン、覚えておけ」

何度聞いてもぞっとする声音だった。

ズーハンは震えながら「なぜ私の名を」と小さく呻いている。自分の首を切り落とそうとした皇太子が、かつて礼部で「薬を漁りに来た」などとなじった下級武官だとは想像もしないだろう。

サーシェンの背後にいた武官の一人が早急に去るよう命じると、ズーハンはうつむいて駆けて行った。ルイを横切る一瞬だけ、視線をこちらに向けて。

憎悪を向けられるほど、兄弟子に何かしたのだろうか——とルイは自分の胸を押さえた。

「……なぜかばった」

しがみつくスーを抱きしめながらズーハンの背中を見送っていると、サーシェンが横に立って問うてくる。

「僕が、嫌だったからです……理由になりませんか？」

——嫌なこと、不快に思うことは相手が主人であれ我慢しない
愛人所作十箇条のことを指しているのだと気づいたのか、サーシェンは「ああ、もう」と冕冠を乱暴に脱いで文官に手渡す。

少しくせのある黒髪が頭頂部でぴょんと跳ねている。顔をくしゃっと崩して笑う彼は、ルイの知っている、いつものサーシェンだった。

「俺の愛人は賢すぎるから、こういうときに困るんだ」

「学んだことは、実践していく性格なんです」

ルイは、スーを抱いていないほうの腕をサーシェンの腕に絡める。

サーシェンはまんざらでもない表情を浮かべて、スーに話しかけた。

「よくルイを守ってくれたな、偉いぞ」

撫でようと伸ばした手に、スーはがぶりと噛みついた。

「痛っ！」

「ルイをこわがらせるなっ」

ズーハンのときのように本気で攻撃したわけではないので出血はないが、サーシェンの手の甲にはくっきりと子パンダの歯形が残ったのだった。

「なんだこの毛玉め！」

サーシェンも怒りだし、ルイは翡翠宮まで二人の喧嘩を仲裁しながら歩いたのだった。


スーはよく「にんげんにもどらん」と言う。

お菓子は好きだが、それ以外は人の食事よりも笹を好む。最近は二日に一度運ばれてくる量の笹では足りなくなり、毎日調達するようになった。

排泄《はいせつ》も自分で厠《かわや》に行けたのだが、あるとき庭で用を足そうとふんばっていて、慌てて厠に連れて行った。理由を問うと「厠……？」と一瞬首をかしげ、思い出したように「そうやった、そうやった。スーひとりでおしっこできる」とうなずくのだった。

絹糸で作られた鞠に抱きついて床に転がるスーを見ながら、ルイは思案していた。

（人間に戻すどころか、日に日にパンダらしくなっている気がする）

翡翠宮の女官に案内されて、サーシェンが姿を現した。

「ルイ、毛玉、来たぞ」

「またきたんか」

スーはうんざりしたよう頬杖を突いた。サーシェンの前では、なぜか人間らしさを取り戻している気がした。

「ルイ、ルイ、だっこして」

突然せがむので抱っこしてやると、ちらりとサーシェンを見て鼻をふんと鳴らした。

「スーかわいいからなあ　ずーっとルイのだっこやなあ」

サーシェンに聞こえるよう、わざとらしく独り言を漏らす。

するとムッとしたサーシェンが、スーを抱いたままのルイを横抱きにした。

「俺は力持ちだから、ルイを抱っこできるんだよなあ。ちびにはできないだろうなあ」

ルイを挟んで、二人の——端から見ると皇太子と子パンダ——の睨み合いが始まる。こうしてよく〝どちらがルイと仲睦まじいか〟を競っていた。

それを制止するのがルイの役だが、このようなときのサーシェンはルイの知っている無邪気な彼で、時折見る冷徹さは鳴りを潜めているのでほっとする。スーも人間らしい態度や感情を見せるため悪くはないと思っていた。

「……ルイ、痩《や》せたか？」

サーシェンが頬を撫でてくる。ルイにその自覚はなく、食事も翡翠宮に来てからというもの信じられないほど豪華なので、むしろ体重は増えたのではないかと思うほどだ。

「痩せていないと思いますが」

「先日抱いたときより、少し軽い気がする」

その指摘に、ルイはスーを見た。

「もしや」

四肢の穴を開けた布をふわふわの胴体に巻いて秤《はかり》に吊《つる》すと、やはりスーが軽くなっていた。

笹が不足するほどの食欲で、むしろ大きくなっていなければおかしいのに——。

スーはきょとんとした顔で秤にぶら下がっている。

「なんてことだ、毎日ずっと抱っこしているから気付きませんでした……」

「もうだっこできんの？」

そんなことはない、とスーを撫でた。

「人間とパンダに必要な栄養素が違うから？　それとも、より栄養価の高いものに……」

そうぶつぶつと呟いていると、サーシェンが秤に吊されたままのスーをからかって、また手を噛まれていた。

怒るサーシェンをなだめて、ルイは薬膳粥を用意した。

目元がうっすら青く、疲労の蓄積が一目で分かる。政務は手を抜けないし、五十年に一度の紫琴大祭もあるので、準備に慌ただしいのだろう。

聞けば大祭では、皇太子であるサーシェンと第二皇子ファンジュンの役割が重要なのだという。同時に、招待する貴族や豪族の管理、城の警備、各州で大祭に合わせて行われる神事――と、本人曰《いわ》く「やることが無限に湧いてくる」ほど忙しいのだそうだ。

粥には、強壮効果がある上に胃に優しい山薬や、夜にしっかりと眠れる山梔子、柴胡などを入れた。眠っている間に集中して効果が出るよう、生薬に少しだけ仙術もかけておいた。

「ルイの粥はいつも染みる」

望めば何でも食べられるはずのサーシェンが、ルイの炊いた質素な粥を美味しそうにたいらげていく。それでも所作はとても美しい。音はなく無駄な動きもない。武官のふりをしていたころに、食べ方がやけにきれいだった理由が今になって分かる。国内最高峰の教育を受けていたからだったのだ。

「口に合う、ということは必要なものだったんですよ」

ルイの言葉に、サーシェンが「ん」と片眉を上げる。

「それ、前も言われた気がするな」

「人間の味覚って不思議ですよね」

ふふ、と微笑んでルイは見守った。

「何をそんなに見ている」

皇太子相手に言って失礼にならないだろうか、と逡巡《しゅんじゅん》したが、愛人所作にはこうあった。

――自分の胸の内は隠さず素直に打ち明ける

「僕、サーシェンが食べている姿を見るのが、前から好きだったんですよ」

所作は厳しくしつけられているはずのサーシェンの手から、コト、とれんげが落ちる。

「前から好きだった……？」

「ええ、武官としてあなたが礼部に出入りしていた頃から」

サーシェンの目元や頬がうっすらと赤くなる。熱でも上がったのだろうかと、ルイは彼の頬や首元に手を当てて確認する。平熱だった。

「いつもきれいに美味しそうに食べてくれるから、あなたがいないときも、ふと『今度はこれを粥に入れてあげよう』なんて思ったり、いいお米や水を調達したりしていました」

美味しそうやなあと横で指をくわえているスーには、山梔子とともに甘く煮たなつめを一粒ずつ食べさせる。

「まだあれから一年しか経っていないのですね、とても長い時間を過ごした気がするのに」

黄州での生活も充実していた。人々に頼りにされ、親切にされた。それなのに何かが足りない気がして、いつも部屋から空を見上げていた気がする。そんなときに思うのは、太陽のように笑うサーシェンのことだった。

「不思議ですね、何も言わずに出て行ったので合わせる顔がないと知りつつ、この一年、粥を食べてくれるあなたがいないことに気落ちしたりしていました」

自分に粥を作ってみても、なんだか味気ない。味付けを濃くしてみると食べられたものではなかった。足りない、満たされない。一体何の薬ならこの感覚は消えるのだろう、としばらく思っていた。

「だからいま、サーシェンにもう一度僕の粥を食べてもらえて嬉しいです」

彼が落としたれんげを拾い、新しいものを握らせた。冷えないうちに、と促すとサーシェンは「うん……」となんだか可愛い返事をして、再び粥を食べ始める。少し動きがぎこちないが。

「美味しいですか——って何度も聞いてごめんなさい。つい」

サーシェンはれんげを卓に置いて、ルイをじっと見つめた。

「美味しいよ」

低く響く、しかし温かな優しい声だった。

「この気持ちを、何と表現したらいいか分からないくらい」

まっすぐこちらに向けられたサーシェンの目は、喜んでいるというより思い詰めていると表現が似合うかもしれない。どきりとして思わず目をそらすと、サーシェンがなつめの甘煮を指でつまんで、ルイの前に差し出した。自分がスーにそうしているように。

反射的に口を開けると、甘いなつめがころんと転がり込んだ。同時にサーシェンの指が唇に触れる。

サーシェンは指先に残った甘い蜜を、ルイの唇に紅を塗るようにゆっくりと滑らせた。

そんなことをしたら、唇が蜜でべたべたになってしまうのに。

分からずサーシェンを見上げると、少し意地悪な顔で笑っていた。

「蜜のせいで唇に紅をさしたみたいだな」

「さ、サーシェンがしたくせに……」

口を尖らせて抗議をすると、目の前が真っ暗になって、柔らかいものが唇に触れた。

「……っ」

サーシェンの顔が離れて初めて、彼が唇を重ねてきたのだと気づく。

「これでおあいこだ」

彼の唇に移ったなつめの蜜よりもとろりと甘い視線と声で、サーシェンは言った。

「お……おあいこ……ですか……」

そうです、と言って彼は自分の唇に移った蜜を舐《な》めた。

その瞬間、どっと心臓が跳ねた。

(これは、口づけでは……！)

生まれて初めての口づけを男のサーシェンとしてしまったことよりも、それにドキドキしている自分にルイは驚いていた。

サーシェンはルイの顎に手を添えたまま「まだ空腹だな」と訴える。

「粥のおかわりをすぐ――」

立ち上がろうとしたが、腕を摑まれて引き戻された。

「これでいいよ」

至近距離の者にしか聞こえない声量でささやかれる。

ばく、ばく、と口から心臓が飛び出そうとしている音がする。

サーシェンは一瞬「ん」と首をかしげ、こう言い直した。

「間違えた。これが、いい」

もう一度顔が近づいて唇同士が優しく触れ、ゆっくりと離れていく。べたつく蜜のせいで唇の表面が離れたがらない。

サーシェンは自分の唇に移ったなつめの蜜を、また美味しそうに舐め取った。

ルイの頭のなかで警鐘が鳴る。

これ以上は危ない、これ以上は危ない——と。

何がこれ以上なのかも、どのように危ないのかも、分からないが、身体に異常が出ていることだけは分かった。風邪だろうか、発作だろうか。脈拍は速いし、この頬の火照り方だときっと熱もある。このまま愛人のように振る舞っていては、うつしてしまうかもしれない。

「さ、サーシェン、離してもらえませんか……僕、今日は体調が悪いみたいで」

「どこか具合が？　それとも嫌だったか」

傷ついた表情を見せるので、ルイは良心が痛んだ。

「さきほどから心臓がばくばく跳ねていて、顔も火照りがひどいんです。風邪だったらうつると大変なので」

熱を証明しようと、サーシェンの手を取って自分の頬に触れさせる。彼の手の平は乾いていてひんやりと心地よかった。

「ほら熱いでしょう、僕」

真剣に訴えているのに、サーシェンはなぜか顔をくしゃくしゃにして微笑んだ。

「本当だ、こちらにも熱が移ってきた」

その顔を見て、さらにルイの熱が上がったように感じたのは気のせいだろうか。

足下で栗を食べ尽くしたスーが、白い目――目の周りは黒いが――でこちらを見ていた。


サーシェンの住まう養仁殿の庭で、スーは池をのぞき込んでいた。水鏡に映った自分にうっとりと話しかけている。

「はあ、かわいいなあ」

被毛に覆われた頬を前足でふにふにと撫でる。

「みんなスーのことだっこしたいですよねえ」

水鏡の向こうに大勢いるかのように話しかけ、今度は顔を横にして、丸い耳の毛並みを整える。腕——こと前足が短いので、なかなか届かず苦労している。

「でもスーはひとりやから、じゅんばんこですよ」みんなじゅんばんまもれるやろか、ああこまるなあ……と悩ましげにため息をつきながら、水鏡を見続けている。

（パンダ姿が相当気に入っているんだな）

ルイはその微笑ましい独り語りの様を見守っていた。

養仁殿に遊びに来たのは、まさにこの池が目的だった。翡翠宮にはスーの好きな池がない。中庭の大きな池に行きたいが、また兄弟子のズーハンに絡まれるようなことがあっては困る。中庭に行くくらいなら養仁殿に来なさい、とサーシェンに言われたので、スーを連れて訪ねたのだった。入り口から養仁殿を覗《のぞ》くと、ちょうどサーシェンが出て行くところだった。「兵部尚書が面会をと何度も遣いを出してくる」と腹立たしげに。

（兵部尚書、か）

ふと、いかつい髭の壮年が浮かぶ。

ルイの研究していた仙薬に興味を持った兵部の最高責任者であり、宮廷追放のきっかけを作った人物の一人。

兵部尚書は、飼っているパンダのことで話がある、とサーシェンにしきりに連絡してくるのだという。

なぜ兵部がスーを――?

サーシェンは「ファンジュンがらみだ」と解説した。

現皇帝の第二皇子で、サーシェンの異母弟であるファンジュンは、母親の一族が兵部畑で、兵法に関しては英才教育を受けてきたので戦上手。そのため次期皇帝に兵部が強く後押ししているのだ。スーを欲しがっているファンジュンのために、譲渡交渉に訪ねてくるのだろう――と話していた。

その会話の中で、気になったことを尋ねた。

兵部が第二皇子ファンジュンを次の皇帝に推しているのなら、サーシェンの後ろ盾は――。

兵部以外のすべて、だと彼は答えた。「礼部を除く」と付け加えて。

礼部はいつも中立だ。皇族の権力が及ばない一方で、祭祀と道士の配置以外では国政への影響力も持たされていないのだ。

今朝のサーシェンとのやり取りを思い返し、頭の中で勢力図を描く。

(後継争いと言っても、順当にいけばサーシェンなのだろうな)

ふと、脳裏に礼部、兵部の両尚書が自分を呼び出した一年前の光景が浮かぶ。

(中立であるはずの礼部が、なぜ兵部の兵士増強の手助けを……?)

疑問は浮かぶが、中央政府に詳しくない自分にはさっぱり分からない。ひとまずサーシェンに報告しようと立ち上がったところで、養仁殿の入り口に男性が一人で佇《たたず》んでいることに気づく。

背が高く、頭の小さなすらりとした青年で、紫の羽織を着ている。色素の薄い髪を風になびかせながらこちらを見ていた。

（誰だろう）

北方の血が濃いのか髪同様に肌の色素も薄く、通った鼻筋や伏し目がちな表情も手伝ってはかなげな雰囲気を漂わせている。

ルイは立ち上がって拝礼をした。

「あの……ご用がありましたら――」

「用はある、それだ」

皇族らしき青年の指先が、まだ水鏡の自分に見とれているスーに向いた。

スーが顔を上げて「どしたん」とルイに尋ねる様子を見て、青年がパンと手を叩いた。

「やはり、しゃべるパンダというのは本当だったのだな。実に……実によい！」

それだけで、彼が誰だか分かってしまった。

スーを欲しがっている、毛皮の大好きな――。

「ファンジュン……殿下、でしょうか」

こくりと素直にうなずいたファンジュンは数歩こちらに近づいてきた。皇族は常に側近を連れているのだが、彼はなぜか一人。一体何をしに来たのか。

ルイは慌ててスーを抱き上げ、ファンジュンと距離を取った。

なぜ逃げる、とファンジュンが不機嫌な声で尋ねてくる。

「殿下がスーを欲しがっているというのは存じているからです。お渡しできません」

ルイがスーをぎゅっと抱き込むと、スーが勘違いをして「ルイはスーがすきやなあ」などと照れている。

「無理に奪おうとは思っていない、少しだけ触りたいのだ。ああ、本当にしゃべって……しゃべる毛皮……！」

「だめです、身体ごと担いで攫《さら》おうとしたではないですか、あんな恐ろしいこと……！」

そう言ってルイは数歩下がる。合わせてじり……と間合いを詰めてくるファンジュンが「何のことだ」と首をかしげた。

「先日スーを誘拐しようとしたときのことですよ、黒装束の男を使って……危なかったんですからね」

「そんなことは命じていない」

スーを譲ってくれという文を何度も届けたことで、兄を怒らせたことはあるが――と付け加えて。最近は取り合ってもらえないので、直談判に養仁殿に来たらルイたちが偶然いたのだ、と。

「誘拐とは聞き捨てならないが、とりあえずひと撫でさせてもらえないか」

さあ、とファンジュンはさらに間合いを詰めてくる。

「だめです、信じられません！」

ルイはスーを抱いたまま養仁殿の庭を逃げ回るが、ファンジュンは「待て待て」と追いかけてくる。無邪気に笑っているので、気味の悪さが増幅する。

皇太子の世話を担当する若い宦官が、養仁殿から困った表情でこちらを見ているのに気づく。第二皇子と楽しそうに戯れているのか、ルイが困っているのか判断しかねているようだった。

「人を呼んでください！」

はっとした宦官が慌てて駆け出す。

気を抜いたせいか、池周りの石に足を取られルイがふらついた。抱いていたスーの重さも手伝って、身体の均衡が取れなくなり池の方へと傾く。

（落ちる）

池は浅いが、そのぶん底石で怪我をする可能性はある。スーだけは守ろうと受け身の姿勢だけ取って覚悟を決めた瞬間、手を、そして腰を強い力で引かれた。

「戯れでけがをしては馬鹿を見るぞ」

助けてくれたのはファンジュンだった。

ルイを軽々と抱えて、庭の腰掛けに座らせる。

誰のせいでそうなったと思っているのだ、という怒りを抑えつつ、ルイは礼を言った。

それにしても線が細く見えて、信じられない腕力だった。剣術武術に覚えがあり戦に長けている、という噂は本当なのだろう。

ゆるく波打った前髪の間から、色素の薄い瞳がじっとこちらを見ていた。

「毛皮に気を取られていたが、そなた、よく見ると麗しいな――」

そう言ってこちらに手を伸ばしてくる。

その瞬間、スーがファンジュンの手に噛みついた。

「ルイにさわるなっ」

ファンジュンは痛がるどころか、噛まれたことを喜ぶように手をさする。

「はは、威勢の良い毛皮だ。手懐《てなず》けて、寒い日に首に巻きたいものだ。しゃべるなら退屈もしないな」

どうやらファンジュンは、スーを生きたまま自分の襟巻きにしたいらしい。

皇子の手を噛むなど処刑されてもおかしくない。ルイは真っ青になって謝罪した。

「申し訳ありません、この子はまだ何も分かっていないのでお許しください」

ルイは自分の手巾をファンジュンの手に巻いて応急処置をする。

「いつも噛まれているサーシェンがぴんぴんしているので、菌などは持っていないと思うのですが、お帰りになってすぐ医師に診せてください……!」

早く帰ってほしいという思いも込めつつ、彼の手に強く手巾を巻き付けていると、頭頂部に視線を感じる。ふと顔を上げると、ファンジュンが思案顔でこちらを見ていた。

「兄上のことを〝サーシェン〟と呼んでいるのか」

「ええ、僕たち友人で——もとは友人でしたので」

すごいな、いいな、とファンジュンは目を輝かせる。

「では私も〝ファンジュン〟と」

「お断りします。僕はサーシェンの愛人ですので」

「私の愛人になれば呼んでくれる？」

「いいえ、そのようなことにはなりません」

「なるさ。そなたも子パンダと一緒にもらおう。先日も兄上は、見目のいい女官をくれた。慶心殿だって、豪奢で美しいものが好きな私を思って譲ってくれた。兄上は本当に欲しいもの以外には、物にも人にも執着しない。利用するだけだ。そなただって懇願すればきっと」

その言葉にルイは、返すことができなかった。

以前聞いたサーシェンの台詞が、脳内で再生される。

『本当に欲しい者しかいらない、ということだ』

『いいんだ、それで。欲しい者が手に入るまでは。きっと手に入れてみせるから』

（執着しないサーシェンが、『欲しい』と想い続けている相手）

自分とサーシェンの間には友情という確かな絆《きずな》はあるが、彼の想い人が住まうべき翡翠宮にいるのは、スーを人間に戻すため。役目が終われば自分は無用なのだ。

なぜか胸に無数の針を刺された気分になった。

言い返す言葉が思いつかず、ルイはそのままうつむいた。ファンジュンが邪気のない笑みで「傷ついた?」とのぞき込んでくるので、感情が高ぶって目と鼻がつんと痛くなった。

「……意地悪な方は嫌いです」

ルイは不敬を承知で、ファンジュンを上目遣いで睨んだ。

ファンジュンは一瞬瞠目《どうもく》したものの、何か面白い玩具《がんぐ》でも見つけたような笑みを浮かべる。

遠くから「お急ぎください、弟君が」と先ほどの宦官の声がする。

それに気づいたのか、ファンジュンは「ではまた」と言ってスーに手を伸ばす。スーが再び噛みつこうとすると、笑いながら手を引き去って行った。去ったというより、養仁殿を囲む塀を軽々と飛び越えたので、逃げたと表現したほうが正しいかもしれない。

「ルイ!」

駆け込んできたサーシェンが、腰掛けで脱力したルイと膝の上のスーを見るなり、大声を出した。

「サーシェン……」

とっさに抱きしめられる。間に挟まれたスーが「ぐえ」と呻いても、サーシェンはやめなかった。

「ああ、よかった。ファンジュンが来たと聞いて慌てて……」

「ええ、来ました。スーを触らせてほしいと」

「何もされなかったか?」

「されたというか、池に落ちそうになったところを助けてもらったというか」

ファンジュンの言葉を思い出すと胸がずきずきする。

『兄上は物にも人にも執着しない。利用するだけだ』

友人である自分を取られまいと、薬売りの青年まで追いかけるサーシェンが〝物にも人にも執着しない〟と聞いて、ルイは混乱していた。

いつか用なしになった自分も、彼はどうでもよくなってしまうのだろうか——と。

そうすると、時折他の人に見せるような闇を孕んだ冷たい目を、自分も向けられるようになるのだろうか。ぎゅっと袂《たもと》を寄せて、気持ちのざわつきを堪えようとした。

胸元がもぞもぞと動くので視線をやると、サーシェンとルイの身体の間からスーが顔を出した。

「スーがあいつ、ガブしたたった」

パンダもこのような表情ができるのだな、と感心してしまうほどのしたり顔だった。

「よくやった、いい護衛だ」

サーシェンがわしゃわしゃと撫でると、スーは満足そうに鼻を鳴らした。

（こんな微笑ましい光景を、見られなくなるんだろうか）

ルイはファンジュンとのやりとりを伝えた。

スーを触りたいとやってきたこと、スーの誘拐未遂についてはしらばっくれていたこと、池に落ちそうになった自分たちを助けてくれたこと――。そして。

「ルイとスーをもらう？」

サーシェンが怪訝《けげん》な表情で復唱した。

「ええ、これまでに自分に譲ってくれてきたサーシェンは、頼み続ければスーと僕も譲ってくれるはずだ、と」

サーシェンは欲しいもの以外には物にも人にも執着しない、という部分はなぜか伝えることができなかった。言葉にすれば、実現してしまいそうで。

「何を言ってるんだあいつは……俺がいらないから譲ってきたものを『自分は大切にされている』と勘違いしてきたのか。さんざん兵部の者を俺のもとへ寄越しておいて知らないふりなど……」

サーシェンがルイをぎゅっと抱きしめてきた。

「所作十箇条を覚えているな？　たとえ相手が皇族でも、俺以外の人間に触れさせたらだめだぞ。それと」

「それと？」

ルイは顔を上げて、続きを促す。サーシェンは眉尻を下げて、悲しそうに微笑んだ。

「頼りないかもしれないが、何かあったら必ず相談してくれ。そしてもう、黙って消えないでくれ」

もう一度、強く抱きしめられた。自然と彼の厚い胸板に頬を寄せることになり、速い心拍が伝わってきた。緊張している。ルイがファンジュンのもとへ行く想像でもしたのだろうか。

（僕はどれほどサーシェンを傷つけたんだ……）

申し訳なさと一緒に、なぜか奥底からじんわりと嬉しくなった。

もしかすると、自分は彼の中で大きな存在だったのか——と。

傷つけたことを詫びたい気持ちと、自分で傷つけたくせに慰めてあげたい図々しさが、ルイの中で反発し合いながら溶け合っていく。

愛人所作十箇条の一つが脳裏をよぎる。

——抱きしめられたら顔を上げ目を閉じる。

伝えられたときは、なぜ目を閉じるのか分からなかったが、先日なつめの甘煮の蜜を舐め取られたので今なら理解できる。口づけを受け入れる合図なのだ。

暗記は得意です、できます、と豪語した手前、今だけ忘れたふりはできない。しかしまた唇を重ねるのかと思うと、再び動悸《どうき》が激しくなった。

「サーシェン……」

彼を呼ぶ声も震えてしまう。ルイはゆっくりと身体を預け、顎を自分で上げてぎゅっと目を閉じた。

(このまま口づけをするのかな……今日はなつめの蜜はないけれど)

これが彼の慰めになるのかは分からないが、皇族の伝統ある所作だ。きっと主人に何らかのよい気分を提供してくれるはずだ。

顔が熱くなり、心臓がばくばくと跳ねる。

しかし、どれだけ待っても何もされなかった。

(あれ、僕なにか間違えたのかな)

ちらりと目を開けてみると、サーシェンが自分を抱きしめたままじっとこちらを見つめていた。

「……サーシェン?」

サーシェンは思い詰めたような表情から、ふわりと破顔した。

「口づけ、されると思った?」

ぽんっと音を立てたように、ルイの顔が茹《ゆ》だった。サーシェンが自分に口づけをしたいと思っていることを疑わなかった自分が恥ずかしい。

ルイは両手で自分の顔を隠して「僕を見ないで」と懇願した。恥ずかしすぎて消えてしまいたい、と。

「だめだ、顔を見せて」

隠していた手を剝がされる。

「サーシェン……意地悪です」

自分の目が潤んでいるのが分かる、顔が真っ赤になっているのも。きっとみっともない表情をしているに違いない。

「意地悪だよ俺は。ルイだけに」

サーシェンは甘い声でそう言うと、ルイの唇に指で触れた。

先ほど弟王子のファンジュンに感じた、チクチクと針で刺されるような〝意地悪〟とは真逆の、とろとろの蜜に搦《から》め捕られるような〝意地悪〟――。

二人に挟まれた子パンダが、面白くなさそうに「スーにもいじわるやぞ」と茶々を入れる。

「……ルイ、少しの間、その子パンダの目を塞《ふさ》いでおいてくれないか」

ルイは言われるままスーの目をそっと塞ぐ。塞がれた本人はやいのやいのと抗議をしているが。

その直後、ルイの唇も塞がれた。もちろん手ではなく、サーシェンの唇で。

「……っ」

サーシェンは、一瞬顔を離して忠告した。

「パンダの情操教育に悪いから、声は出さないように」

(声？)

唇を塞ぐのに、口づけで声が出るのだろうか——と思っていると、もう一度サーシェンが唇を重ねてきた。重ねただけでなく、唇を割って、彼の舌がルイの口内に差し込まれる。

「んっ……！」

さらに心拍数が上がって、心臓が服を突き破りそうだ。

いったい自分は何をされているのだ、と分からないまま、彼の舌が口内を舐《ねぶ》っていくのを受け入れる。

「ん……っ、ふぁ……っ」

声を出すな、とはこういうことだったのかと理解したときには、身体の力も抜けてしまい、サーシェンに支えられていた。そこに追い打ちをかけるように、サーシェンはもう一度ルイの唇をむさぼる。

(これが口づけ……？　なんて、なんて……破廉恥《はれんち》な！)

解放されたときには、いつのまにかサーシェンの膝の上に横抱きにされていた。

顔が熱いどころか、酸欠で口をはくはくとしてしまう。

「……っ、くち……僕の口……溶けてませんか……」

そう尋ねてしまうくらいには、彼に舐られた。

サーシェンが指でふに、とルイの唇に触れ「溶けてはいないが」と前置きして言った。

「悪い虫から好き勝手に吸われて、赤くなってしまった」

「……見ないでください」

そう言って袖で顔を隠したものの、先ほどまで沈んでいた気持ちが、口づけの後には消え去っていることに気づく。口づけの効果とは、一体どういう仕組みなのだろう、とルイはくらくらしながら思ったのだった。

（愛人のふりとはいえ、これが続いたら心臓発作で倒れる未来が見える）

目隠しから解放されたスーが、自分とサーシェンに抗議するが、その言葉が耳に入ってこないほど、ルイは混乱していた。

ふわふわとした高揚感と、想い人がいるのに自分に口づけができるサーシェンへの疑問が、感情がぐるぐると渦を巻いた。

同時に仙服の下で硬度を持ち始めた欲の塊を鎮めることに必死だった。人前で催してしまうことなど一度もなかったルイは、どうしたら良いか分からず、サーシェンに身体を預けたまま硬直していた。

サーシェンがそれに気付いているのかいないのか、ニッと笑って「しばらくこのままでいよう」と、ルイを離さなかった。

（サーシェンが何を考えているのか、全然分からない！）

高揚と混乱と恥ずかしさがせめぎ合う中で、ルイは心の中で「鎮まれ、鎮まれ」と自分の身体に念じた。

「うーん、どうしたものでしょう」

翡翠宮に作られた研究用の部屋で、ルイはスーと向き合って考えあぐねていた。

呪術の線を疑って、あらゆる方面から調べるが、どのようにしてパンダになったのか、なかなかつかめない。

気になるのは、体重が少しずつ減り続けていることだ。人間の幼児ならこの時期は〝背伸びをするたびに背が伸びる〟などと言われるほど大きくなるし、パンダならその成長の早さはさらに上をいくはずなのに。

「はやく戻してあげないとなあ……」

ルイの独り言に、スーがぷいと顔を背けた。

「スーはパンダでええ」

「どうしてパンダがいいのですか？」

スーが「だっこ」と膝に乗ってきた。

「パンダはかわいいからや」

自分の今の容姿が気に入っているということだろうか——。

思案していると突然悪寒がした。鼻がむずむずしたかと思ったら、くしゅっ、とくしゃみをしてしまった。

「顔が熱い熱いと思っていたら、本当に熱を出してしまっていたようですね」

ルイは自分の首に手を当ててみる。気づくとくらりと視界が回転し、その場に昏倒《こんとう》してしまった。スーが「た、たいへんや」と慌てて部屋を飛び出す姿までは、覚えている。

目覚めると寝台に横になっていた。

枕元でスーがもぞもぞと動いている。ぼんやりとした意識のままだが、額に載せられていた手ぬぐいをスーが取ったのは分かった。

それを口にくわえてそろりと寝台から下りて、そばの椅子によじよじと登る。後ろ足で座面に立ち、卓の上に置かれた水桶《みずおけ》に手ぬぐいを浸した。

(手ぬぐいを替えようとしてくれているのか)

しかし、スーの前足からべちゃっと手ぬぐいが落ちる。拾って再び絞ろうとするが、また落ちた。

「ヒン、ヒン……」

スーは桶の前で「だめや、できん」とすすり泣いていた。ルイを起こさないように声を殺して。

「どうした」

聞き慣れた低い声はサーシェンだった。

「てぬぐい、じょうずにできん……」

サーシェンは泣いているスーの頭を撫でて、その手ぬぐいを受け取った。

「俺がしよう」

皇太子が袖をまくって手ぬぐいを絞る姿を側近たちが見たら、卒倒するだろうなと思いながらルイは口を開いた。

「スー、サーシェン」

スーは泣いているのがばれたくないのか、目元をぐいと拭ってルイの枕元にやってきた。

「おきたん？　だいじょうぶ？」

「ええ、大丈夫です。心配させてごめんなさい」

サーシェンがひんやりとした手ぬぐいを、ルイの額に載せてくれた。

「熱を出して倒れたと聞いて驚いたよ、顔色はずいぶんよさそうだな」

「お騒がせしてしまって……体調管理ができていませんね」

いいんだ、とサーシェンはルイの髪をさらりと梳《す》く。

スーが寝台に上ってきて、ルイの枕元にちょんと座った。

「そばにおるからねんねして、スーこもりうたできるから」

そう言うと、スーはルイの胸元をふわふわの前足でトントンと優しく叩きはじめた。

「ねんねよいこよ、ねんねしな……おやまのおーくのかみさまが……パンダのすがたでやってくる……」

その子守歌の歌詞にルイは胸がほっこりと温かくなった。まさかパンダの神様の子守歌を、子パンダに歌ってもらう日が来るとは――。

スーの村がある藍州はパンダの生息地として有名なため、パンダの伝説が多い。そのような子守歌も多くあるのだろう。

トントンと優しく叩くスーの手が止まった。

寝てしまったのかな、と視線をやると、丸い目からぽろぽろと涙がこぼれていた。

「スーやっぱり、にんげんにもどりたい……」

スーは自分のふわふわの前足――もとい手をじっと見つめる。黒い爪がきらりと尖っていた。

「パンダのおててじゃルイのおせわできん……むらのあかちゃんたちもそうやった。スーのつめがいたくて、ないてしまうねん……」

スーはぽつりぽつりと村での生活を語り始めた。

両親が他界して孤児となってしまったスーは、村の「いらん子」として扱われていたこと。村には自分の他に二人の子どもがいたが、親がいるので愛されていたこと。村長宅に下働きとして引き取られたスーは、食事は与えられていたものの納屋に一人で寝泊まりさせられていたこと――。

「スーも、ほかのこみたいに、だっこでぎゅーがほしかったんや。けどスーにはだれもせん、いらん子やから。でもパンダならかわいい、みんなだっこしてほっぺたスキスキする」

ルイは胸が苦しくなった。

五歳で道士に引き取られ、本山で修業を始めたころの自分がスーに重なる。夜になると両親のぬくもりが恋しくて布団の中で泣いた。休暇に同年代の修業者たちが親元に帰って行くのに、自分だけが本山にぽつんと残ると、なおさら寂しさは募った。

無条件で愛されるパンダでいたい理由が、痛いほど分かる。

前足で涙を拭いながら、スーは「でもにんげんにもどる」と言った。

「だっこもぎゅーもいらん。ルイ、スーに優しいのに、スーはルイになんもできん、いやや……」

背中を丸めて泣く様子は、三歳の人間の子どもだった。

愛されたい、けれど人の役に立ちたい、この小さな身体の中でそんなせめぎ合いがあったのかと思うと、胸が苦しくて、そして愛《いとお》しさがこみ上げる

ルイは身体を起こし、スーを抱き込んだ。サーシェンの大きな手が伸びてきて、スーの頭を撫でる。

「小さな身体で、そんな大きな悩みを抱えていたのだな……よく頑張ってきた」

サーシュンの声は優しく、そして慈愛にあふれていた。スーはぎゅっと目を閉じて、気持ちよさそうに撫でられた。いつもなら噛みつくのに。

ん、とサーシェンが呻く。

「村の子どもはスーの他に二人と言ったか？　発見されたとき乳幼児が十人いたそうだが」

スーは、自分が村では一番幼く、他の子どもは五歳と七歳だと言った。

それが本当なら、大人が消えて子どもが増えた、ということになる。人買いの仕業の可能性もあるが、サーシェンがそれを否定する。

「非合法の人買いどもが、高く売れる乳幼児を放っておくはずがない。異民族の仕業か？」

サーシェンはスーに、村の大人の総数を尋ねるが「おおきなかず、わからん」とスーは困惑する。

「それぞれのおうちに、大人が何人いたかは覚えていますか？」

聞き方を変えると、スーはすらすらと答え始めた。

「そんちょうのかぞく、さんにん。そんちょうのおうちのおてつだいさん、ひとり。ミファちゃんのおうちがふたり。リャオのおうちがおとうさんひとり、ものしりおじじ、ひとり」

全部で八人だ。スーを除いた子どもを加えると十人。

ざわりと血が騒ぐ。村で発見された乳幼児と同数だ。

ルイは自分の脈拍が急に速くなるのを感じた。

少しずつ体重が軽くなっていくスー、消えた大人と同数の乳幼児。それはまるで――。

礼部尚書と兵部尚書に呼び出された日のことが脳裏をよぎる。

臓器の時間を遡らせて患部を治癒する仙薬の研究について、こう言われたことを。

『その研究、方向の転換を命じる』

『時間を遡らせる効果を、全身に行き渡るように作ってほしいのだ』

『できれば即効性も――』

スーの村で起きたことと、尚書たちの要求が、ルイの頭の中で結びつき始める。

（そんな、まさか。てっきり兵士を若返らせて増強するためだとばかり）

ルイが研究していた患部の時間を遡らせる仙薬は、効き続けると組織が戻りすぎてしまう。組織が戻りすぎる、大人と同数の乳幼児……記憶と事実の断片がつながり、一つの可能性を浮かび上がらせる。

もし、村の事件と、自分の仙薬が関係していたとしたら――。動悸が収まらない。

さらに数々の不安要素が、兄弟子である、優秀な宮廷道士ズーハンの言葉と結びついた。

『あの仙薬は私が完成させる、もう私の実績となるのは間近だ。お前に邪魔はさせない』

（間近というとまだ完成していないんだ。僕の研究をもとにズーハンさまが開発しているものが、兵部尚書の言う『全身への効果』と『即効性』を持ったならば……あの遡及仙薬が人の命を奪う可能性もあるんだ）

自分の研究が、取り返しのつかないことを引き起こすのではと思うと、血の気が引いていく。

泣き疲れて、ルイの胸の中で寝息を立て始めたスーをそっと寝台に寝かせると、サーシェンを振り返った。寝台に腰掛けていたサーシェンは、ルイの額に手を当てる。

「顔色が急に悪くなったぞ、もう少し寝たほうが――」

その額に添えられた彼の手を、ルイは摑んだ。

「どうした、手が冷え切っている」

極度の衝撃のせいか、ルイの手は冷たくなって震えていた。

「サーシェン、大事なお話があります……！」

ルイはスーを起こさないよう、小声で打ち明けた。

病にかかった臓器の時間を少しだけ遡らせて、患部を治癒する仙薬を開発していたこと。礼部、兵部の両尚書にその方針転換を命じられ断ったこと。それをきっかけに宮廷を追放されたこと、そして兄弟子がその研究を引き継ぎ、恐ろしい仙薬として開発しているのではないかということ――。

「村人は消えたのではなく、身体が時間を遡って乳幼児になったということか」

サーシェンは冷静に聞いてくれた。

「ええ、僕の開発していた遡及仙薬は効果を全身に、そして制限なく効き続けるようにすることも理論上は可能です。兄弟子が『完成間近』と言っていたのは、疾患のための仙薬ではなく、人を跡形もなく消してしまう薬物兵器なのでは……と」

研究記録は水浸しになって廃棄したと思っていたが、思えばあのとき盗まれたのかもしれない。ズーハンが引き継いで、薬物兵器となった仙薬を、スーの村で実験したとしたら。

「乳幼児まで一気に身体が遡って効果が途切れた……もしくは弱くなったのかもしれません。仙薬は効果持続の調整が一番難しいんです」

スーがパンダになった理由は分からないが、少しずつ体重が減っているのは、徐々に若返り続けているということではないか、とルイは仮説を提示した。

「もし僕の研究が転用されているのなら、使われた薬草や仙術が概《おおむ》ね分かるのですぐに判明できると思います。まさか自分の仙薬が使われているとは思わず……盲点でした」

調べがつけば、反対の現象を起こせばいい。ルイの研究を応用した遡及仙薬が使われていれば、ひとまず数日内にそれを無効化する薬を調合できる、とサーシェンに告げた。

「それにしても礼部と兵部がそんな開発をしているとは初耳だな、内容的にも皇帝や俺に報告があるはずだが」

サーシェンの呟きに、ふと気づく。

組織に疎いため気づかなかったが、礼部、兵部両尚書は「皇帝の命令」とは言わず「〝上〟の指示」と表現していた。

「そもそも礼部が他の執行機関と関わるということ自体に僕は驚きましたし、礼部尚書が道士の戒律違反を容認することはもっと衝撃でした。断ったら追放されたわけですが……でももし、僕の想像が当たっていて、その恐ろしい遡及仙薬が完成していたら、行方不明を装って人を殺害することも可能になってしまいます」

（僕のせいだ）

もっときっちり研究の記録を処分していれば、こんな恐ろしいことにはならなかったかもしれないのに。後悔してもしきれない。手の震えがひどくなっていく。

突如、ぬくもりに包まれた。サーシェンが抱きしめてくれたのだ。

「あ……」

脳裏に愛人所作十箇条が浮かぶ。

――抱きしめられたら顔を上げて目を閉じる。

目を閉じようとすると、サーシェンに「いい、愛人は今日は休業だ」と阻まれた。

「当時、俺が気付けていたら……すまない、助けてやれなくて。ルイが一人で苦しんで宮廷を出たというのに、置いて行かれたと思ってなじってしまった」

悔いるサーシェンに、ルイも心から謝罪した。

「ごめんなさい……サーシェンを巻き込んでしまったら立場が危うくなると思っていたんです。下級武官だと思っていたので……」

「もっと早く立場を明かしていればよかったのか。騙していてすまない、もう一人で背負い込まないでくれ」

その言葉に、思わず涙がこみ上げる。サーシェンの背中に手を回し、最上級の皇族服がしわになるのも気にせず握りしめた。

「ど、どうしよう、サーシェン。僕のせいで、僕のせいでスーの村が……もし他の村でも実験されていたら犠牲者はもっと……！」

サーシェンは、ゆっくりと呼吸するよう促しつつ、背中をさすってくれた。

「大丈夫だ、手を打とう。まずはルイが早く回復することだ。スーが心配して衰弱してしまうぞ」

寝台にゆっくりと倒され、子どものように寝かしつけられる。

「サーシェン……きちんと謝罪していなかったので言わせてください。宮廷から何も言わずに消えてしまってごめんなさい。あなたを傷つけてしまって」

彼の中で、きっと自分は数少ない心許せる友人なのだ。自分だってそうだった。同じことをされたら、ひどく傷ついたに違いない。

「俺こそ、お前に身分を明かさずにいたのだから」

大きくて温かな手が、とん、とん、と胸の上で優しく拍子を刻む。ルイの心音に合わせてくれるかのように。

「あの頃の騒がしい日々、楽しかったな」

ルイは心地のいいサーシェンの声を聞きながら目を閉じた。

「ええ、サーシェンったら、僕と関わる人に見境なく喧嘩を売って……血の気が……」

ゆっくりと暗闇がやってきて、身体がまどろみとともに寝台に沈み込む。

その遠くで「そうでもしないと危なかったんだぞ。あいつがお前を——」という声が聞こえた気がした。何が危なかったのか、あいつとは誰なのか、と問い返すことなく、ルイは眠りに落ちた。


ここは夢だ、と分かっているのに目覚めることはできなかった。

あたりを見回すと、礼部の渡り廊下だった。

『ルイ』

背後から親しげに声をかけてきたのは兄弟子のズーハンだった。

きょうは、宮廷道士に推薦されたルイの初出仕。

ルイは深々と頭を下げる。

『ズーハンさま、お久しぶりです。これからどうぞよろしくお願いいたします』

『迷わず来れたか、田舎者なのに頑張ったじゃないか』

ズーハンはルイの肩を抱いて再会を喜んでくれた。

（そうだズーハンさまは、口は悪いけれどこんなふうに僕に優しかったんだ）

兄弟子は礼部内をあちこち案内したあと、ルイの部屋に連れて行ってくれた。

『困ったことがあったら私に言うんだぞ。私は隣の部屋だから……来訪を許そう』

『はい、ありがとうございます』

偉そうで指示も要求も多いけれど、何かにつけて自分の世話を焼いてくれる兄弟子だ。ズーハンは同門という意識が強いのか、同じ香や手巾を使うように命じ、それに従った。

それなのに。

ふと暗闇が訪れて、居場所が変わったことに気づく。

（ここはズーハンさまの居室だ）

ルイはズーハンの杯に酒を注いでいた。

部屋に来て酌をせよ、と言われ居室を訪ねた夜のことだ。ルイがその酒をズーハンの衣にこぼしてしまう。

『あーあ、のろまだな。すぐに拭け』

ルイが謝罪しながら、自分の手巾でズーハンの袴《はかま》を拭いた。

『染みになるかもしれません、脱いでいただいてもいいですか？　僕、洗ってきます』

そう伝えると、突然手首を握られて引き倒された。

『わざとこぼしたんだな？　そういうことだと受け止めてしまうぞ、分かっているだろう私の気持ちは』

『えっ……どういうことで――』

尋ね終わらぬうちにルイは上着を剝がれ、胸元の合わせを乱された。

これは相当怒っている、と思ったルイは、謝り続けた。本山で修業していた幼い頃、彼から受けた、鉄扇での折檻《せっかん》を思い出したのだ。

『申し訳ありません、わざとこぼしたんじゃないんです、折檻はお許しください……！』

必死に抵抗して胸元をたぐり寄せた。しばらくするとズーハンの手が一瞬止まる。許してもらえるのかと思ったら、頰をはたかれた。

『私の言うことなら、何でも従順に聞いていたくせに……！』

それは兄弟子の命令だからだ、と言い返そうとしたが、また殴られそうなので押し黙った。

ルイはそのままズーハンの部屋を追い出される。

翌日からズーハンは、人が変わったようにルイへの当たりが強くなり、大勢の前で悪し様に罵るようになった。

（あのとき大人しく折檻を受けていれば、嫌われなかったのかな……）

夢だと知りつつも、ルイは胸が苦しくなった。

わざと割られた花器を片付けるよう命じられ、その破片を拾いながらつんと目と鼻が痛くなる。

その瞬間、とん、とん、と誰かが自分の身体を優しく叩いてくれていることに気づく。ふわふわした感触の何かから、とく、とく、とく、と優しい心音も聞こえてくる。

冷えていた身体がぬくもりに包まれ、まるで春の日だまりにいるようだった。


小鳥のさえずりが聞こえる。

うっすらと目を開けたルイは、自分の身体が温かいものに挟まれていることに気づく。

胸の中には規則正しく膨らんだりしぼんだりする毛玉——ではなく、寝息を立てるスー。少し顔を上げると、自分を包み込むように腕を回してサーシェンが眠っていた。寝台で三人並んで寝入ってしまったようだ。

ルイが研究していた仙薬のことを思うと、喉がつかえたような感覚はまだ残るが、サーシェンに聞いてもらって今後の方針が立ったので、追い詰められていた精神状態からは脱することができた。

サーシェンの寝顔を初めて見たルイは、思わずまじまじと観察した。

すっと通った鼻梁《びりょう》の左右に均衡を保って配置された目は、閉じているとまつげの濃さが際立つ。起きているときよりもあどけなさを感じるのは、凜々しい眉が少し垂れているからだろうか。

「いいな……きれいな顔立ち」

思ったことがぽろっと口に出てしまった。

起きないところをみると、サーシェンは熟睡しているようだ。

こっそり、指を彼の頬にすべらせる。口元や顎はまばらに髭が伸びていて、少し指の腹がちくちくする。くすくすと笑いながら、ルイは少し羨ましくなった。体毛が薄い自分にはないものだから。

その横でスーがごろんと寝返りを打ち、サーシェンの腹に足を乗せる。載せられたほうは、まだ「う……」と小さく呻いている。

（家族が迎える朝って、こんな感じなんだろうか）

胸元をぎゅっと握って、歯を食いしばる。そうでもしないと泣いてしまいそうだ。五歳で家族を失ったルイが、幼い頃ずっと求めていた光景だったからだ。大人になるにつれ、慣れて、いつしか忘れていったが、親のぬくもりを思って布団の中ですすり泣いていたあの頃の自分が、今救われた気がした。

唯一の友となってくれたサーシェンは、たくさんのものを自分にくれる――。

そう感謝の気持ちがこみ上げるとともに、「友」という言葉になぜか胸がちくりとする。

（そうだ、本来ならここにいるべきは僕じゃないんだ）

サーシェンが〝本当に欲しい者〟であるどこかの姫君が、ここで微笑むのだと思うと、胸から喉にかけてキュッと縮んだような気がした。

向かいでぐっすり寝ているサーシェンの唇を、そっと指先でなぞる。彼との溶けるような口づけを思い出して、余計に胸が締め付けられた。

(愛人のふりとはいえ、想い人がいながら、どうして僕にあのような口づけを)

皇族の多くは、複数人の妃を持つため抵抗がないのだろうか。

(サーシェンはずるい)

そんな子どもじみた感情がわき上がる。

自分は、皇族に伝わる〝愛人所作〟の効果で、身体が熱くなったりドキドキしたりして、サーシェンのことを考える時間と濃度がどんどん増えているというのに。

自分ばかりがサーシェンを――。

(サーシェンのことを……なんだろう)

そこで思考を止める。向き合ってはいけない感情のような気がして。

突如、大きくて温かいものに手が包まれた。サーシェンが握ったのだ。

「……おはよう、考えごとか？」

寝ぼけ眼、というには整った柔らかな笑みに、心臓が絞られていく。

「お、おはようございます……れっ冷徹皇太子の異名が嘘みたいな、あ、あどけない寝起き顔ですね……はは……」

そんなことを言うつもりはなかったのに、今の自分の心情を知られたくなくて、憎まれ口が飛び出る。

「冷徹か……まあ、あれは必要に応じて。隙を見せれば俺の足をすくいたい奴らが面倒を起こすし……ああ、久しぶりによく寝た」

サーシェンはあくびをしながら、ゆっくり半身を起こした。そして立てた片膝にこてんと顔を置いて、まだ少し眠たげな目でこちらを見た。

「出世に縁のない下級武官のような〝ただのサーシェン〟でいられるのは、ルイの前くらいだ」

歓喜とともに、向き合ってはいけない感情がどっと押し寄せる。

(僕だけ、僕にだけ)

せき止めようとしたが抵抗もむなしく、胸に一気にあふれてしまう。サーシェンに抱いてしまった想いが。

(どうしよう、好きだ)

得体の知れない感情に名前がつくと、途端に輪郭を帯びる。

(愛人のふりをしているうちに、本当に好きになっちゃったんだ。それどころじゃないのに……僕はなんて不謹慎な……)

どっどっどっ……と心臓が早鐘を打ち、手の平にじっとりと汗をかく。

サーシェンはまたひとつあくびをした。

「冷酷な人間を十年もやっていると呑《の》まれるというか、それが本性になりつつある気がしてたんだが……ルイと礼部で出会ってから、ずいぶん毒気が抜けた気もするな」

皇太子をしているときのサーシェンは、確かに恐ろしい。ぞくりと背中が寒くなるほどの瞳の闇色は、彼の言う〝呑まれた〟ときの兆しなのかもしれない。

思案していると、近寄るよう手招きをされた。

(……何されるんだろう)

顔の火照りを袖でかくして半身を寄せると、サーシェンが顔を近づけてきた。

口づけされる、と思ってぎゅっと目を閉じるが、感触があったのは額。大きな手で熱を測っていたのだ。

「熱はもうないみたいだな」

「あ、熱……そ、そうですね、もうすっかり元気です……」

心の中で大騒ぎしていた自分が恥ずかしくて、じわじわと顔が汗ばむ。

「では今日から早速スーが小さくなるのを止める薬の研究だな」

サーシェンにそっと手を握られた。

(手が大きい……)

そんなことで今さらどきどきしてしまう自分が浅ましい。

「どうした、今日は得意げに握り返してこないな」

「と、得意げな顔なんて……してません！」

「してるぞ。所作は完璧ですよ、とでも言いたげな」

ルイは目眩《めまい》がした。一体自分はなぜ平然と彼の手を握り返したり口づけのために目を閉じたりできたのだろうか——と。サーシェンへの気持ちを自覚してしまった今、教わった愛人所作の一つ一つが無理難題のように思える。

「ちょ、ちょっと、忘れっぽくなって」

かなり苦しい言い訳をしてしまった。

サーシェンがゆっくりと手を離す。緊張してどぎまぎしていたのに、ぬくもりが消えた途端にさみしくなるのはなぜだろうか。

彼は哀愁を帯びた笑みで「また気が向いたらよろしく」と言った。


遡及仙薬の使用を前提に調べると、すんなりと謎が解明されていく。スーに加え、村に取り残されていた乳幼児たちも調べたが、やはり同じ反応だった。

（このまま臓器が若返り続けると、生命維持が難しいところまで到達してしまう……）

遡及仙薬を飲まされて若返った村人たちには、二種類の仙薬を飲ませる必要があった。

一つは若返りを止めること、もう一つは自然の理《ことわり》に反して若返った分を元に戻すこと――。

まずは若返りを止める仙薬を優先した。記録は残っていないが、遡及仙薬の誤使用対策として研究済みだからだ。

(退行の速さは緩やかだから、慎重に調合しよう)

スーや乳幼児たち――もとい村人たちに健康被害が起きないよう、三日かけて調合した。

その間、サーシェンには翡翠宮に顔を出さないようにしてもらった。

本来なら愛人風情が頼めることではないが、いま気を抜けば仙薬に集中できなくなる不安があったからだ。

その証拠に、研究部屋を出たルイは女官たちに心配されるくらいふぬけだった。

茶や汁物をこぼす、燭台を倒す、何もない場所でつまずく……。そんなときはいつも、サーシェンの表情や言葉を反すうしていた。出会った頃からこれまでの、彼を。そして、そこに手かがりがあるかもしれない、彼の想い人である姫君のことを。

心根が優しい人なのだろうか、サーシェンと渡り合えるくらい芯の強い人なのかも、どうやって出会ったのかな、その女性はサーシェンのことをどう思っているのだろう――。

ふと翡翠宮を見渡す。

皇太子の住まいである養仁殿に最も近く、本来なら皇太子妃が住まう居住棟だ。

（僕がここを去った後、その方がお住まいになるんだろうか）

二人で長椅子に座って彼の肩に体重をわざとかけたこと、スーを膝に抱いて彼と手を握り合ったこと、なつめの甘露煮の蜜を唇に塗られたこと、溶けてしまいそうな口づけをしたこと――。サーシェンは、かの姫君とここで、それと同じことをするのだろうか。

胸に太い杭《くい》が打ち込まれたような、ズンという重い痛みが走る。

女官に休憩を促されてお茶をする。卓上に干したなつめを用意し、スーにも食べさせた。

繊細な彫刻に玉がはめ込まれた窓から庭を見て、ふうとため息をつく。

「ルイげんきないな」

スーがなつめを頬張りながら気遣ってくれる。

「ごめんね、〝おくすりの部屋〟を出てしまうとつい考えごとをしてしまって、頭から離れないんです。おかしいですよね、こんな僕」

きょとんとしたスーが、口元に前足を当てて考えるような仕草をする。ぱっと顔を上げて、こう提案した。

「おかゆ、たべたらええよ」

「お粥ですか？」

スーはうんうんとうなずいて、またなつめを頬張った。

「サーシェンがいうてた。ルイのおかゆ、くにでいちばんやて」

じわ、と首筋が熱くなる。

「サーシェンが、そんなことを……」

「おかゆたべて、にこにこのルイみたら、げんきなるって。だからルイもおかゆたべてな」

たくさんつくってもええよスーもたべるから、と言い添えて、なつめの最後の一粒をルイに譲ってくれた。

放っておいたらまた発熱しそうで、思わず両手で頬を挟む。その言葉をサーシェンがどういう感情でスーに伝えたかは分からないが、少なくともルイを舞い上がらせる効果はあった。美味しそうに粥を平らげるサーシェンを見るのが好きだったけれど、サーシェンもそんなふうに思っていてくれたなんて。

(う、うれしい、どうしよう、いやどうするも何もないけれど)

自分の顔が赤くないかとスーに尋ねると「しろくろのスーよりはあかいで」と教えてくれた。じたばたしているルイを見て、スーが「おとなはたいへんやな」と呟いた。

予定通り、三日で若返りを止める仙薬の調合と、ネズミでの実験は完了した。

一点気になっているのは、スーだけがパンダの姿になってしまったことだ。スーだけは違う仙薬を実験的に飲まされた可能性もあった。

ひとまず小さくなっていくのを止めるために、スーに今回の仙薬を飲ませる。湯に溶かして、少し水飴《みずあめ》も混ぜた。

「あまにがい」

渡された湯飲みの中身を一気に飲んでしまったスーは、口の周りを舐めた。

これで数日同じ時間に体重を量って、減少していなければ効いたことになる。

立ち会ったサーシェンが、不思議そうにスーをのぞき込む。

「この薬では、スーは人間に戻れないのか？」

ルイは首を振った。

「可能性は全くないとは言えませんが、低いと思います。遡及仙薬は、臓器や細胞を変質させるような要素は全くないので。むしろ仙薬では難しいかと……どちらかというと呪術の類いのような気がしますし、若返り方も他の人とは違う効き方をしているようで……」

小さくなっていたとはいえ、言動は三歳児と相違ない気がするのだ。遡及仙薬が村人に使用されたという仮説が正しければ、他は大人が幼児になるなど急激に若返っているのに。

ルイは心が乱れないよう、サーシェンと視線を合わせないように説明する。

(今はスーと、乳幼児たちの若返りを止めることが先決だ)

スーの村で発見された乳幼児は、王都内の乳児院に預けられていた。皇太子の厳命とあって、乳母たちが丁寧に育てている。建物には警備兵も配置されていた。

「ややこしいことを頼んですまないな、赤ん坊たちに変わりはないか」

下級武官姿になったサーシェンが、気さくに乳児院内へと入って乳母たちに挨拶をする。

乳母たちも彼が皇太子とは知らずに、笑顔で出迎える。

「これはこれはサーシェンさま、お元気そうで。皇太子殿下からのご用命ですし、もともとそうでなくても、赤ん坊は宝ですから大切に育てておりますよ。ただ……」

「ただ、どうした？」

「一度、宮廷道士の方たちがおいでになりました。子どもたちを見せてほしいと」

皇太子殿下の許しがなければ面会はできない、と断ると、睨みつけて帰っていたという。

ルイはサーシェンと視線を合わせて「やはり」とうなずいた。

（村人で仙薬を実験した結果を見に来たに違いない）

サーシェンは、乳母たちにルイを紹介した。ルイの腕の中には子パンダのスー。一躍乳児院の人気者になった。

外ではおしゃべり禁止となっているスーは、黙ったまま乳児院の子どもたちに撫でられたり、鞠で遊んだりしていた。

恐ろしい仙薬のことは乳母たちには伝えず、感冒予防の薬を村の子どもたちに与えると嘘の説明をした。宮廷の大物が関わっている殺人薬開発を知って、乳児院が騒動に巻き込まれては大変だ。

ルイは一人ずつ乳幼児を抱いて、遡及を止める仙薬を口にさじで流し込んだ。スーに指摘され、苦みを消し、甘味を増やしたので喜んで飲んでくれた。

宮廷道士が訪ねてきたと聞いて、念のためみんなに見えない護符を貼った。この乳児院から連れ出されそうになったら、反応してルイに知らせが届くように仙術をかけている。ルイでも作れるほどの初歩的な護符のため、道士にはすぐ見つかるだろうが、緊急時の初動の助けにはなるだろう。

「この子たち、成長が遅かったのではないですか?」

そう遠回しに尋ねてみると、乳母が瞠目した。

「道士さまはそんなことも見抜けるのですね」

「いえ、この地方特有の伝染病のようなもので。いま薬を飲ませたので、きっとこれからは他の子たちと同じように大きくなると思います」

胸の内では、今度は彼らを元の年齢に戻す仙薬を作らねば、と焦っていた。このままではずっと被検体として狙われ続けてしまう。

味が気に入ったのか、一人がまだほしがったので、水飴を少し与える。さじを子どもの口に差し出しながら、疑問が浮かんだ。

(村人全員に、どうやって仙薬を飲ませたんだろうか)

村人を集めて無理矢理飲ませていたらスーが覚えているはずだが、そうは言っていなかった。何かに混ぜたのだろうか。

混ぜる、という言葉にどきりとした。

全身を驚異的な速さで若返らせて、飲んだ者を消滅させることができる仙薬。もしそれが完成すれば、飲食物に混ぜて飲ませるだけで、遺体なき殺人が可能となる。胃に吸収されて全身を巡り始めてから効果が出るので、食事直前の毒見には気づかれないし、高価な生薬と高度な仙術が必要なため大量生産にも向いていない。

そうなると、おそらく利用価値の高い場面は戦ではなく――。

（暗殺だ）

礼部尚書と兵部尚書の仙薬の企《たくら》み、兄弟子をはじめとする宮廷道士の動き、スーをほしがる弟皇子のファンジュンと、ファンジュンを次期皇帝に推す兵部――。

ルイは乳母と話し込んでいるサーシェンを振り返った。

（まさか、彼らの目的は――）

背中に冷たい汗が落ちていく。

ルイの視線に気づいたサーシェンが「どうした？」と問いかけてくる。甘さを孕んだ声なのに、なぜか今は全身から血の気が引いて冷え切っていた。どくん、どくん、と心臓が嫌な音をたてて跳ねる。

（サーシェンなのか）

自分の開発した仙薬で、唯一の友であり、叶《かな》わぬ片思いを自覚した相手の命が脅かされているかもしれない。ルイはサーシェンから視線をそらして、震える指先を袖で隠した。

そんなはずはない、と否定できる可能性を探ってみる。

――清廉潔白を掲げる道士の頂点とも言える礼部尚書が、皇太子暗殺などに荷担するわけがないし、信念ある道士ならそれに従う理由もない。

――第二皇子ファンジュンは兄を慕っているような口ぶりだったし、暗殺なんて考えるわけがない。

しかし、ファンジュンの後ろ盾になっている兵部には、皇太子がいなくなったほうが都合が良い事情が多くある。考え出したら止まらない。ルイは拳をぎゅっと握って、床の一点しか見つめられなくなっていた。

そんなルイを気分転換させようと思ったのか、サーシェンはルイとスーを市街に連れ出した。宮廷を中心に広がる湖安の市街は、多少のほこりっぽさはあるが活気にあふれている。

特に商業区画の東市は、西側諸国とつながる通商路からやってきた異民族も出店を広げていて、珍しい食物も、この国にはない配色や模様の生地なども売られている。

かつて、本当に下級武官だと思っていたサーシェンに、こんなふうに街中に連れ出してもらっていた。当時の思い出と重ね合わせて、ルイはスーを肩車するサーシェンを見上げた。

「楽しそうですね」

以前もそうだった。目をきらきらと輝かせて街を闊歩《かっぽ》していた。

「誰もひれ伏さないから、いい気分だ。自分が活気の一部になれている気がして」

その返答で、サーシェンが武官姿でふらふらしていた理由が、少し分かったような気がした。皇太子として街に出れば、誰もがひれ伏してしまう。冷酷だと周囲に思わせているのならなおさらだ。それまで賑わっていた人々も静まりかえって息を潜めるだろう。皇太子の不興を買わないために。

それが権力の証《あか》しだと気分が良くなる人種もいるだろうが、これまでルイが接してきたサーシェンが彼の本質ならば、きっと孤独を感じていたに違いない。冷酷な皇族の仮面を被り続けてきた彼は、一体どれほどの息苦しさに耐えてきたのだろうか。

藍鼠色の彼の袖をきゅっと握った。

「どうした、人混みに酔ったか？」

西の国の行商から、金糸を織り込んだ美しい生地を購入し、サーシェンが振り返る。肩車されていたスーがぐらついて、慌ててサーシェンの頭にしがみつくと、ハハハと声を上げて笑っていた。太陽の光がよく似合う、からりとした初夏のような笑顔で。

切なく絞られた心臓の音を聞かれてしまいそうで、ぎゅっと襟元を摑んで寄せた。

（守りたい）

サーシェンが誰を思っていようと、将来翡翠宮に誰が入居しようと、そんなことはどうでもいいことなのだと、自分に言い聞かせた。

（彼が息災ならば、それでいいじゃないか）

それに、これは自分の戦いでもある。

仙薬悪用を阻止するのが、主たる開発者である自分の責任でもあるのだ。

これまでは心のどこかに、宮廷を追い出され本山にも戻れない自分は、もう道士としては失格だという諦めがあった。

その諦めは、今すべて追い出した。

組織に属する者が道士ではない、戒律を守り、人のために尽くすのが道士だ――と。

（自然の理が破られるのを傍観して、大切な人を守れずして、何が道士だ！）

ルイはむんと気を張って、サーシェンとスーに話しかけた。

「今から薬屋に付き合ってください！　たくさん買いますので、荷物持ちもお願いします」

皇太子に荷物持ちをさせるなど、彼の側近たちが聞けば卒倒しそうだが、今はいいのだ。サーシェンはそんな扱いを望んでいないのだから。自分がやれることはすべてやろう、と吹っ切れると力が湧いてくる気がした。

サーシェンとスーが、そんなルイの顔をひょっこりとのぞき込んで「よし荷物を運ぶぞ！」と鬨《とき》の声を上げていた。

スーの体重減少は食い止められた。乳児院に預けられた村の乳幼児も同様で、少しずつ体重が増えているようだ。しかしそれは一般的な子どもの成長。〝もと〟に戻るわけではない。

ルイには二つ、すべきことがあった。

一つは、スーや乳幼児たちをもとに戻す仙薬を作ること。

もう一つは、ルイの研究をもとにした遡及《そきゅう》仙薬の悪用を食い止めること——。

もし、自分の懸念が全て当たっていた場合、つまり皇太子サーシェンの暗殺に使用されてしまった場合の対抗策も考える必要があった。

ルイはスーの被毛を櫛《くし》でとかしながら、ふうとため息をついた。

(『僕の研究を悪用しているでしょう』なんて乗り込んで、相手にしてもらえるわけがないしな……)

仙薬が皇太子暗殺に転用される懸念は本人にも伝えた。しかし、彼からは思いも寄らない返事が。

『大丈夫だ、慣れている』

暗殺されかけたのは一度や二度ではないらしい。それも幼い頃から。毒見役が犠牲になることも珍しくなかった。それと同時に、彼自身も幼い頃から少量の毒を飲み続け、耐性をつけてきたという。

(皇太子なんて、もっと立場は盤石で、権力は絶大で、逆らう者など誰もいないと勝手に思い込んでた)

以前寝起きに言っていたサーシェンの台詞《せりふ》を反すうする。〝冷徹皇太子〟の異名をついからかってしまったときの。

『あれは必要に応じて。隙を見せれば俺の足をすくいたい奴らが面倒を起こすし』

俗世から隔離された世界で育ち、宮廷でも暢気《のんき》に生薬に囲まれて暮らしていた自分には想像もつかないほど、命を脅かされる日々だったのだ。

サーシェンが下級武官のふりをして礼部に迷い込んだ際、食事を受け付けない胃になっていた理由が今少しずつ分かっていく。

皇太子で居続けるための精神的負荷と、その防衛策としての冷酷ぶりから生まれる孤独――。

だから、ルイの粥《かゆ》をあんなに美味《おい》しそうに食べてくれていたのかもしれない。下級武官を装っていたので毒の心配もないのだから。「うまいな、うまいな」と無邪気に頬張る姿を思い出して、目頭がじわりと熱くなる。

もっと丁寧に作ってあげればよかった、と今ごろ後悔にさいなまれる。

ルイは袖で目元を拭うと、スーとともに研究部屋に移動した。

ひとまず自分のやれることは、なんでもしよう。スーたちをもとに戻す研究をしながら、ルイはある仙薬を調合した。

以前、黄州で味覚障害の書記官に出した仙薬をもとに、知母《ちも》、石膏《せっこう》、柴胡《さいこ》などの生薬を加え、舌の細胞が時間を遡《さかのぼ》る仙術を施す。ネズミで実験をすると、仙薬を飲ませた後はわずかな苦みのある野菜をも食べなかった。

それをサーシェンに渡した。毒見役の全員に飲ませてほしいと。

書記官に渡していたのは、衰えた唾液腺を少し若返らせて活性化させるものだったが、今回はそれを舌の味覚そのものに効果が出るよう仙術をかけた。舌だけが子ども時代の状態に戻るのだ。

子どもは、大人の数倍味覚が敏感だ。味覚に優れた毒見役なら、毒の味の記憶や知識はそのままに、味覚は数倍に跳ね上がることになる。

「毒見役の人たちも早く気付けるので、命を落とすことも減るでしょう」

サーシェンはそれを受け入れて、毒見役全員に毎日飲ませることにした。

第二皇子から、宴の招待が届いたのはその三日後のことだった。宴好きのファンジュンは、定期的に開いているのだという。

サーシェンはイライラしていた。招待状がルイにも直接届いたからだ。もちろんそこにはスーも一緒に、と書き添えられていた。

「行かなくていいからな、何が起きるか分からないんだから。まったく、この大祭直前にまで……」

夜になって翡翠宮《ひすいきゅう》にやってきたサーシェンは、ルイに届いた招待状を燭台《しょくだい》の火で燃やした。

誰が出席するのか尋ねると、三省六部の高官や貴族、その夫人だという。美しい者好きのファンジュンは、給仕をする者もとびきり容姿のいい男女を揃《そろ》えるので、そこで愛人や妾《めかけ》探しをする高官も多いのだという。

女官の一人が「失礼致します」と怯《おび》えた声で部屋の入り口に立った。面会を希望している者がいるのだという。

サーシェンはむっとしていたが、ルイは「お会いします」と面会希望者を案内させた。横で「間者だったらどうする」とブツブツ文句を言っている。

「サーシェンが守ってくれるでしょう？　もちろん僕も剣の使い方くらいは知っています」

震えながら入室してきたのは、見覚えのある美しい女官だった。

「君は、翡翠宮にいた――」

女官は深くひれ伏した。身体《からだ》の震えが伝わって、髪飾りがシャラシャラと音を立てた。

「夜分に申し訳ございません、以前ルイさまにお仕えしておりましたシュエメイでございます……」

ルイに仕えていたが、サーシェンの不興を買って配置換えとなった女官だった。

彼女が今仕えているのは――。

「ファンジュン殿下のところから、わざわざ……？」

「こっそり抜け出して参りました……どうしてもお伝えしたいことが」

シュエメイは、三日後に宴のために子どものパンダが集められていると打ち明けた。

「ファンジュン殿下の目的は分からないのですが、ルイさまとスーさまが招待客名簿に載っていたのでお伝えしたほうがいいのではないかと」

出過ぎたまねをお許しください、と言いつつ、シュエメイはもう一度頭を下げた。

ルイは歩み寄って彼女の身体を起こした。

「そんなことをしたとばれたら、シュエメイが危ないのではないですか？」

「ルイさまに助けていただいた身ですし、スーさまに何かあれば私もつらいので、覚悟を決めてやってまいりました」

サーシェンが口元に手を当てて「子パンダを集める……」と復唱している。間違いなく、ファンジュンが何かを企《たくら》んでいる。

ということは、宴にはこれまでの企みに関わった者たちも集まるかもしれない。何か情報を得る機会ではある。

「サーシェン、この宴、参加しましょう」

サーシェンは渋い顔をして見せる。

「しかし、必ず何か仕掛けてくるぞ」

「乗ってあげるんですよ、尻尾がつかめるかもしれない」

ルイはその場でファンジュン宛ての手紙を書いて、シュエメイに渡した。

「あなたは、僕が呼び出したことにしてください。このお返事を渡すために。そうすれば慶心殿に戻るときに不自然にならないでしょう。もとは僕に仕えていたんですから」

手紙には、喜んで宴に出席するとしたためた。

「あ……ありがとうございます……」

ルイは崩れたシュエメイの髪を直してやった。見た目には人一倍気を遣っていた彼女が、髪の乱れに構わず懸命にここまで来てくれたことに胸が温かくなった。

「こちらこそ、必死に教えに来てくれたんですよね……本当にありがとう。あちらではうまくいっていますか？」

シュエメイは頬を赤らめて涙ぐみ、近況を教えてくれた。

見目の美しい男女を仕えさせているファンジュンだが、時折汚い言葉を使っていたり、差別的な態度を取ったりする者をクビにしているのだという。「美しくても、心がきれいじゃない人は嫌いなんだ」と。

「私は皇太子殿下から譲り受けたということで、そのようなことは言われませんが……」

言いかけて、シュエメイは目を泳がせた。

「どうした、続けよ」

後ろから、彼女をあまりよく思っていないサーシェンが発言を促す。シュエメイは身体をびくりとさせて声を振り絞った。

「最近はルイさまについてよく聞かれます。どんなお方か、何をして過ごしているのか、普段は何がお好みか――もちろんあまりお答えしないようにはしていますが」

どういうことだろう、やはり何か企んでいるのだろうか。

シュエメイが退室すると、サーシェンが「本当に参加するのか」と真剣な表情で尋ねる。

「行きましょう。翡翠宮に閉じこもっていても礼部や兵部の目論見《もくろみ》は分かりませんから」

ルイは行灯《あんどん》のあかりを見つめながら、きゅっと唇を噛《か》む。不安がないわけではない、それでもスーを元に戻し、サーシェンを守るためにはじっとしているわけにはいかなかった。

サーシェンの横では大人の話に飽きたスーが、長椅子に転がって眠ってしまっていた。

「ぐっすりですね、寝台に移しましょう」

ルイがスーを抱えようとすると、ふわりと背中が温かくなった。長い腕がルイの上半身に巻き付いている。サーシェンが後ろから自分を抱きしめているのだ。

「さ、サーシェン……」

「俺は嫌だ」

サーシェンの吐息が首筋にかかる。破裂寸前の心音が聞こえてくると思ったら、自分の胸だった。

「他の者にルイを見せたくない、ずっと翡翠宮に閉じ込められたらいいのに」

一瞬ぞくりとしたのは声音のせいか、彼がその願望を実現できる立場だからか。

彼を振り返ると、サーシェンは、いつものサーシェンに戻っていて、からっとした笑顔で肩をすくめた。

「すまない、困らせたな」

(あ、切り替わった)

冷徹で合理的、快活で暢気、甘さと拘泥。

どれが彼の言う〝ただのサーシェン〟なのか、ルイには分からなくなっていた。


宴当日。いつも着ている白を基調とした服は、道士の仙服に寄せた意匠のため動きやすいが、今夜のルイには、全く実用的ではない豪華な衣装が用意された。

薄紫の袍衣《ほうい》や裳《も》に、より色の濃い青風蘭《あおふうらん》を思わせる羽織、目立たないが緻密に施された同系色の地紋――。重ね襟や帯に使われた薄黄緑や白桃色が、華やかさを際立たせる。

普段は耳より上部にある髪を後頭部でひとまとめにしているが、この日はつむじあたりにまとめられ、翡翠を咥《くわ》えた銀龍の髪飾りがあしらわれた。

ルイはその飾りに触れながら、髪を結ってくれた女官の言葉を思い出す。

『皇太子殿下が特別に作らせたそうですよ。爪が四本の龍をいただけるなんて……』

爪が四本と聞いて戦慄した。龍の爪の数は位を表す。五本爪は皇帝、四本は皇族だ。その資格のない者が勝手に使用すると罰せられる。

『これって僕が着けたらいけないのでは……』

『皇太子殿下がお作りになったんですから罪には問われませんよ、飾っていれば殿下が安心なさると思います』

そっと龍に触れてみる。安心するとはどういう意味だろうと首をかしげると、手鏡の中の龍と目が合った気がしてどきりとした。

ルイは同じ部屋にいた子パンダを優しく抱き上げた。

あらかじめ用意していた護符をその背中に貼る。さらにその護符が人の視線から逃れるよう簡単な仙術をかけた。

「万一攫《さら》われたときのためにです。さあ宴に行きましょう」

ちょうど正午を知らせる太鼓が鳴り、翡翠宮の前にサーシェンが迎えに来たところだった。

前後に側近を連れたサーシェンも、いつもとは違う装いだ。皇族のみが着用を許される臙《えん》脂《じ》色の皇衣は、襟と広い袖口だけ艶のある黒地。そこに刺繍《ししゅう》された鳳凰《ほうおう》の文様はあえて光沢を抑えた金糸のため重厚感を際立たせた。

いつもは無造作にひとくくりにしている髪も、今日は頭頂部できれいにまとめられ、四本爪の金龍が守る。威風堂々たる佇《たたず》まいだった。

今さらながら思う。

（サーシェンは、本当に皇太子なんだな）

凛々《りり》しい彼に見とれていると、装いを褒められた。

「白い肌に紫が似合っている」

「ありがとうございます、サーシェンも素敵です」

側近と女官を連れて、中規模の宴が行われる広間、包茗《ほうめい》殿へと歩き出す。サーシェンは歩きながら横にいるルイをじっと見つめて、はあ、と大きなため息をついた。

「老若男女がルイを見て懸想すると思うと、俺は発狂しそうだ」

それは心配ない、とルイは笑った。

「特に女性は。これまで容姿が原因で縁談を断られていますから。むしろサーシェンに恥をかかせることにならなければいいのですが……」

どういうことだ、と問い詰められたので、見合いをした女性たちに「あなたと並んで歩くと自分がみじめになる」などと言われた過去を自嘲気味に明かす。

「いや、それは、お前が醜いという意味ではなくて」

「お気遣いありがとうございます、女性に嫌われやすい容姿なのでしょう。せめて作法では不快にさせないよう気をつけます」

頭を下げるルイに、サーシェンがさらに口を開いたが「やめた」と台詞を飲み込んだようだった。

「そういうことにしておこう、お前に美女が言い寄ってきたときに都合がよさそうだ」

「心配性ですね、だから大丈夫ですって」

ルイと会話する文官や薬売りを追いかけていた頃のサーシェンが戻ってきた気がして、にやけてしまった。

包茗殿に近くなると賑《にぎ》やかな宴饗楽と人々の笑い声が聞こえてきた。琵琶《びわ》や琴、鼓などを使う胡楽が大きくなるにつれ、緊張が高まる。

側近が入り口で「皇太子殿下のお成りである」と声を張り上げると、音楽は止《や》み、その場にいた者がひれ伏した。一人を除いて。

「やあ、兄上、ようこそ」

上座で手をひらひらとさせて微笑《ほほえ》んでいるのは、第二皇子ファンジュンだ。

夏空のような青の羽織に、真っ白な毛皮を合わせた姿で「ルイもスーもよく来たね」とこちらに目配せをするので、その視線を遮るようにサーシェンが身体を挟んだ。

「兄上が来てくださるなんて初めてですね、嬉しいな。兄上はいつも顔を見せてくれないので、みんな一目見たくてそわそわしていますよ」

ファンジュンが上座を譲ろうと腰を上げると、背後から野太い壮年の声がした。

「ファンジュン殿下がお席を譲る必要はございませんよ、お隣に席を準備しております」

聞き覚えがある。白髪交じりの髭《ひげ》を蓄えた、軍事部門の最高責任者――兵部尚書《ひょうぶしょうしょ》だ。

ルイの額から嫌な汗がつ……と流れる。まざまざと蘇《よみがえ》るのだ、仙薬開発の方針転換を命じられたときのやり取りを。

(あの指示が本当に殺人目的の開発なら……)

スーや乳児院に預けられた子どもたちの顔が浮かび、怒りと悔しさがこみ上げて目眩《めまい》がした。

振り返ったルイを見て、兵部尚書が片眉を上げた。

「おや……お美しいお連れ様ですな、お初にお目にかかります」

まるで初対面かのような口ぶりだ。

「抱いていらっしゃるのは一緒にお住まいの愛玩《あいがん》パンダですな、いやはや噂《うわさ》には聞いておりましたが愛らしい」

横でファンジュンがうんうんとうなずいている。

ルイは抱いていたスーの背を優しく撫《な》でた。

「さあ座りましょうか。あなたの好きな栗《くり》もありますよ」

鼻をスンスンと鳴らしながらルイにしがみつく子パンダの姿に、周囲は破顔する。感情のない目でこちらを見る兵部尚書以外は。

サーシェンとともに席につくと琵琶の音が再び鳴り、宴が再開される。

みんなそれぞれに楽しんでいるのかと思いきや、多数の客の視線がこちらに向いているような気がして、ルイは思わずうつむいた。サーシェンを、というより自分を見ているのだ。

（装いがいけなかったのかな、それともやはり容姿のせいかな……）

そうぐるぐると思案している間も、サーシェンのもとには入れ替わり立ち替わり、誰かが挨拶にやってきた。めったに姿を現さない皇太子と、少しでも顔をつなぎたいと必死なのだ——とルイの女官が、各人の名前や肩書きを伝えながら教えてくれた。

ともに挨拶をすると、必ずルイは褒めそやされた。美しい、清楚《せいそ》だ、艶《あで》やかな衣装が映える——などと。サーシェンを喜ばせる世辞だとしても、不相応が過ぎて居心地が悪かった。

しかし気になるのは、そう褒めているうちにちらりとルイの頭頂部を見た誰もが、気まずそうに目を逸《そ》らして退散していくことだった。龍が迫力があるからだろうか。

ルイは気になってサーシェンに耳打ちした。

「髪飾り、乱れていますか？　視線を集めている気が……」

サーシェンはルイの肩を抱いて、自分の身体に密着するよう引き寄せた。

「ん？　胡楽のせいで聞こえないな。もっと近くで愛らしくささやいてくれ」

からかわれたと分かったルイが、サーシェンの胸板を拳でぽかぽかと叩《たた》いた。

「もう、サーシェンはすぐふざけるんですから！　真剣に聞いてるんですよ」

「はは、痛い痛い」

サーシェンが全く痛くなさそうに高笑いするので、腹が立って太ももをつねってやった。

「あ、今のは痛い」

「そのようにしましたので」

フンと笑って見せたとき、あたりが静まりかえっているのに気づいた。

客たちが一様に瞠目《どうもく》しているのだ、こちらに顔を向けて。

「えっ」

そしてざわ……ざわ……と潜めた声で会話をしている。よく聞いてみると「皇太子殿下を相手に……」「なんと命知らずな」などと会話しているのだ。

「さ、サーシェン、僕、何か変なことをしましたか？」

慌てて尋ねるが、サーシェンはしらっとした顔で杯に口をつけていた。

「別にいつも通りだろ」

その返事にまた客たちは「いつも」と復唱して目を丸くしていた。

「兄上相手にそんな無礼をはたらける人なんて今までいなかったから､驚かれているんだよ」

賑やかな雰囲気が再び戻り、そう教えてくれたのは、酒器を手に寄ってきた宴の主催者ファンジュンだった。

「叩いたりつねったり、そもそも呼び捨てにしたり。ルイの首が飛ばないかひやひやしてるんだよ」

〝冷徹な皇太子〟と自分とのやり取りが異色だった。

「あ……ごめんなさい、だってサーシェンがふざけるから」

「そうやって兄上のせいにできるのも、君だけだ」

ぜんぶサーシェンのせいだ、という思いを乗せて彼に視線を送ると、にやにやと嬉しそうに杯に口をつけていた。

「兄上が〝主〟でルイが〝従〟だという自覚が二人にまるでない。そんなことがあるのかとみんな驚いているのだ。まあそういう夫婦の形があってもいいね」

夫婦ではなく愛人であり、実はそれも偽りの姿なのだが。

「そう、愛の形はいくつあってもいい。例えば一人の美しい人を、兄弟でともに愛《め》でる形があっても――」

ファンジュンはそう言って、ルイの手を取る。

「今日のために美しく着飾ってくれて嬉しいよ、主催の私のためのようなものだね」

「いえ、違いま――」

否定し終える前にファンジュンの手が離れたのは、サーシェンがルイとファンジュンの間に杯を投げたからだった。それをひょいと避《よ》けたファンジュンは「毛皮が汚れるじゃないか」と肩をすくめる。

「お前の欲しいものはスーじゃなかったのか」

弟皇子を睨《にら》みつける。

「欲しいですよ。でもルイも気に入った。兄上の様子を拝見するに、とても気に入っているようだから、二人で愛したらどうだろう」

ファンジュンが立ち上がりながら両手をパンパンと叩く。

「そこで私は勝負を持ちかけることにしたのです」

武官たちが両脇に何か白黒の毛玉のようなものを抱えて十数人姿を現した。庭の囲いに並べられた毛玉が動き始めて、それが子パンダだということが分かる。

「ここからスーを見つけられた者の勝利。兄上は負けたら私にスーを譲る。そして――」

ファンジュンはルイの髪を一房とって口づけた。色素の薄い瞳が、こちらを貫くように見ていた。

「今夜は、ルイを私のもとに置いて帰る」

宴客たちがどよめいた。皇太子と第二皇子の勝負事という余興が見られるとは思ってもみなかったようだ。朝には返すよ、という意味深な台詞に、さらに周囲がざわつく。

「そんなつまらない勝負事を俺が受けるとでも？」

断ろうとしたサーシェンの腕に、ルイは手を絡めた。

「受けましょう、その勝負」

再び包茗殿がざわめいた。ファンジュンが眉を上げて微笑む。

「その代わりファンジュン殿下が負けたら、スーを諦めてください。そしてこれまでの〝企み〟も全て話していただきます」

サーシェンが止めようとするが、ルイは彼の手をぎゅっと握ってささやいた。

「僕を信じてください。サーシェンの思うままにスーを探してくれたら分かりますから」

ルイは抱いていた子パンダに話しかけた。

「不安ですか？　大丈夫、黙っていても皇太子殿下が見つけてくださるからね」

ファンジュンの女官に預けられ、囲いの中に入れられると、あっという間に入り交じってしまい、どこに行ったのか分からなくなった。

ファンジュンがルイに近寄って、周りには聞こえないようにささやいた。

「みんなの前では言葉を話さないよう、スーに言い聞かせているんだろう？　だったら毛皮の違いが分かる私に有利だね……今夜が楽しみだ」

ルイはファンジュンを睨んで言い返した。

「言葉がなくても、サーシェンとスーの間には絆《きずな》がありますから」

サーシェンは不機嫌顔で、ファンジュンは満面の笑みで庭に下りる。勝負の行方《ゆくえ》について、誰かがこんなことを言った。

「これ……皇位継承を占う勝負になるんじゃないか」「最近は兵部がえらくファンジュン殿下を推しますからなあ」

パンダ探しで国を占うな、と心の中で言い返しながら、ルイは勝負の行方を見守った。

開始の合図とともに囲いの中に入った二人は、数十頭の子パンダの中からスーを探し始めた。皇太子と第二皇子が子パンダの群れの中を行き来する姿は、想像以上に喜劇的というか超現実的というか、皆がそれぞれに自分の目を一度は疑うような光景だった。

兵部尚書が声を張り上げた。

「余興が盛り上がるよう、仕掛けを用意しました」

同時にヒューというか細い音がして、打ち上げ花火が夜空に咲いた。宴客の歓声が上がる。ファンジュンも夜空を見上げて「これはいいな」と嬉しそうだ。

「見つけたぞ！」

ファンジュンが一頭の子パンダを抱き上げた。拍手を受けながら囲いから出る。しかしサーシェンは一向に見つけることができなかった。サーシェンに懐いて、ひっついてくるパンダもいる中で。

子パンダによじ登られながら、サーシェンが「うーん」と顎に手を当てた。

「兄上、どうしましたか、絆は！」

ファンジュンがからかうが、サーシェンは真面目な顔でこう答えたのだ。

「それが……いないのだ」

サーシェンは囲いを出て、ファンジュンの抱いた子パンダにも手を出す。すると子パンダが興味を持ったのか、手の平に頭を擦り付けてきた。

「ほら、こいつも違う」

「どういうことですか……兄上」

「スーは、俺が手を出すと噛みつくんだよ」

しかし囲いの中にいる子パンダたちは一様に人なつっこいのだ、と。

ファンジュンはルイに自分の抱いている子パンダを見せて「こいつはスーではないのか」と尋ねる。

ルイはにっこりと微笑んで「違います」と答えた。

その態度に、サーシェンがうなずいた。

「分かったぞ、この余興の正解は『スーはいない』だな」

ルイは「ご明察！」と拍手をして、種明かしをする。

「今日は、スーは連れて来ていません。同伴したのはかわいい別の子パンダです。なので正解は『いない』です」

ひきょうだ、騙《だま》したな、とファンジュンは狼狽《うろた》えるが、ルイは帯に挿した扇子を開き、自分の顔を扇《あお》いで悪役ぶった。

「僕はきょう、スーを連れていると言いましたか？」

ファンジュンがぐっと苦虫を噛みつぶしたような顔をする。

それもそのはず、あえて言っていないのだ。手紙にも「宴に参加する」とは書いたが、スーを連れて行くとは書いていない。

シュエメイがあの夜にこっそり教えてくれた「子パンダを各地から集めている」という話を勘案すると、スーを紛れさせて奪う計画でも立てているのだろうと踏んでいたからだ。その対策として、人になれた子パンダを一頭用意し、抱いて連れて来たのだ。スーを抱いて参加したように見せかけるために。

（まさか、余興で真っ向勝負を挑むとは思いもしなかったけれど……）

自分が彼なら、子パンダの中に紛れ込ませて、騒ぎに乗じてスーをこっそり奪うような作戦を考えるだろう。そういう点では、ファンジュンは案外まっすぐな人間なのかもしれない。

負けた……とファンジュンがうなだれている。落胆ぶりは本物のようだ。

サーシェンに叱られながら「スーにはもう手を出さない」と誓わされている。これまでの企みについては、兄弟でちょっとした言い合いになっていた。

「企みって、私は何もしていません。本当にスーが欲しかっただけなのに……！」

「嘘《うそ》をつくな、嘘泣きもやめろ。刺客を使ってスーを盗もうとしたり、兵部の者を何度も俺に派遣したりしていたじゃないか」

「そんなこと知りません、スーと仲良くなれる好機だって兵部の者が言うから招待したし、宴の仕切りは兵部に任せましたが、兄上にお願いするときは自分で行きますよ！　兄上、スーは諦めますがルイは――」

「だめに決まっている」

サーシェンが立ち上がってルイに「帰ろう」と目配せをした。ルイもうなずいて席から立ち上がるが、ファンジュンが追いかけてきた。

「そなたが賢い人だということはよく分かった。さすが兄上の正室になる人だ」

褒め言葉に照れていると、後半聞き捨てならない台詞があった。

「えっ、いえいえ、僕はただの愛人で」

それも偽物の、と心の中で呟《つぶや》きながら両手を左右に振る。しかしファンジュンは納得いかない顔でルイの頭を指さした。

「何を言う、そんな髪飾りを着けておきながら」

翡翠を咥えた四本爪の銀龍だ。

「これは、サーシェンからいただいたもので」

ではやはりそうだろう、とファンジュンは口を尖《とが》らせた。

「皇族が自分と同格の四爪龍《しそうりゅう》を贈るのは、贈った相手を〝同格〟に――つまり正室にするという意味だよ。翡翠を咥える龍は、翡翠宮の主人の意」

翡翠宮は本来、養仁殿に住まう者の正室が入居する。つまり、この髪飾りは「皇太子の正室を約束された者」という意味があるのだ、と小声で教えてくれた。

「いや、そんな、だって男は正室にはなれませんので……」

「今はね。でもそれほど意味深い物ってことだ。みんな不興を買わないように君に近づかなかったじゃないか」

兄上から四爪龍を賜るなんて国中の女性の憧れではないか、などと言われている間に、懐が突如温かくなった。

（護符だ……！）

子パンダに貼っていた護符が発動したのだ。ルイのもとから子パンダが一定距離を取ると、胸元に入れていた対の護符が熱を発する仕組みだ。ルイは話を中断して、サーシェンに駆け寄った。

「連れてきていた子パンダが攫われました」

着けていた護符が反応したことも付け加えて。

「追えるのか？」

「湖安内《れいあん》くらいでしたら場所は把握できます。今はまだ宮廷内です」

サーシェンは側近に何かをささやく。側近はルイから大まかな場所を教わると、包茗殿を後にした。実は側近のふりをした密探——間諜《かんちょう》を担う役職——だった。子パンダが運ばれた先が、黒幕ということになる。

密探の去り際にルイは懇願した。

「攫われた子パンダもどうか助けてください」

密探は頭を下げて出て行ったが、ルイは胸元をぎゅっと握った。

吐きそうになったのだ。スーの身代わりに子パンダを危ない目に遭わせている自己嫌悪で。

スーを守ることばかり考えて周りが見えなくなっていた。

（僕はスーと子パンダの命を天秤《てんびん》にかけたんだ）

指先が冷たくなって、唇が震えた。

命を守るためにと心血注いだ研究が、命を奪う劇薬となり、スーを守るために発案したことが、身代わりの子パンダの命を危うくしている。

（本当に僕はいつも取り返しのつかないことをしてしまう——）

足下がおぼつかなくなり、頭がずしんと重くなった。

その瞬間、身体が突然浮いたのは、サーシェンが自分を抱えたからだった。

「顔色が悪い、すぐに医師に」

「サーシェン……でも子パンダが」

「大丈夫だ、すぐに密探が追いつく」

余興で盛り上がったのか、宴はまだ続いている。

しかしルイは、目の端ではつらつと笑って見せている兵部尚書が気になった。

ふと、さきほど兵部尚書のかけ声で打ち上げられた花火のことを思い出す。

夜空に大輪の花が咲いた瞬間、宴客やサーシェンたちも一瞬、音のする方を見た。足下でよちよちしている子パンダを連れ去るには十分な時間だった
ファンジュンと兵部が結託してスーを狙っていると思っていたが、主催である第二皇子ファンジュンも、花火に驚いていたことを考えると、兵部は独断でスーを手に入れようとしているのではないか――。

口を開こうとして、サーシェンに指で阻まれた。

「ひとまず戻ろう、顔が真っ青だ」

サーシェンに抱えられたまま、翡翠宮に戻ると寝台に寝かされた。

「スーを迎えに行かないと」

護衛のいる乳児院に預けてきたのだ。身体を起こそうとすると、寝台に押さえつけられてしまった。

「スーの迎えは明日の朝だ、念のために警備の者も増やす。まずは自分の身体のことを考え

てくれ！」

いつになく、サーシェンが苛立《いらだ》っている。

「……サーシェン、僕、何か気に障ることを？」

「いや、いい。今でなくても、また体調が戻ってから」

ルイはサーシェンの手首を摑《つか》んだ。

「僕は大丈夫です、攫われたパンダが気がかりで血の気が引いただけで、体調自体はいいんです」

身体をゆっくり起こして、サーシェンと向き合う。

「何か言いたいことがあるんでしょう？　だって目が――」

暢気なサーシェンでもなく、冷徹な皇太子でもなく、ぞっとするほどの怒気を孕《はら》んでいる。

「……なぜファンジュンの勝負を引き受けた」

ルイは察して頭を下げた。

「ごめんなさい、出過ぎた真似を――」

違う、と身体を起こされ、肩を強く摑まれた。

「たとえ勝算があったとしても『一晩ファンジュンのものになる』などと、ルイに承知してもらいたくなかった」

腕が引かれたかと思うと、彼の胸の中に抱き込まれていた。

「どこまで俺を嫉妬《しっと》に狂わせるんだ……」

心臓が変な音を立てて跳ね始める。そのようなときに限って、先ほど護符が発動したせいでうやむやになっていたファンジュンの言葉を思い出すのだ。

『皇族が自分と同格の四爪龍を贈るのは、贈った相手を〝同格〟に――つまり正室にするという意味だよ。翡翠を咥える龍は、翡翠宮の主人の意』

そんなはずはない、サーシェンには想いを寄せる姫君が――と自分に言い聞かせようとするが、胸の奥で期待が膨らんでしまう。

サーシェンはそんなルイの胸の内を知らず、ぶつぶつと文句を言い始めた。

「方々から艶めいた視線を送られていることに一向に気づかないし、自分の容姿を誤認しているせいで警戒心は薄いし、お前を欲しがっているファンジュンの賭けに軽々しく乗るし――一体、俺はどうしたらいい？　やはりこの翡翠宮に閉じ込めるべきか？」

じわりと目が熱くなる。やはりそうだ、サーシェンは自分のことも好きになってくれたのだ――と。確かめたい、確かめたら否定されるのだろうか、怖い、でも聞きたい――さまざまな感情が入り交じって、涙になってあふれる。

「……なぜお前が泣く？　泣きたいのは俺だぞ」

気づいたサーシェンが、ルイの目元を優しく拭ってくれた。言葉は乱暴なのに、宝物のように扱ってくれる。

「だってこんなふうに怒ってもらえるなんて……サーシェンは、僕のことも……す、す、好きになってくれたんでしょう……？」

肯定の言葉が返ってくるはずだったのに、なぜか沈黙が訪れた。

心臓が違う意味でバクバクと音を立てる。大いなる勘違いを、皇太子相手にやらかしてしまったのだろうか。

「あっ……あれ、間違えました……か？」

おどおどと視線を上げてサーシェンの顔を見ると、なぜか目を丸くして固まっていた。

そして「呆《あき》れた」と言い放つ。

幾本もの矢が胸を貫いたかのような痛みに、ルイの瞳からどっと涙があふれた。

「わ……、ご、ごめな、ごめんなさい、僕、ひどい勘違いを――」

そう言い終えるやいなや、目の前が真っ暗になり唇が塞《ふさ》がれる。

（ひどい人だ）

瞳をぎゅっと閉じて、彼をなじった。

（想う姫君がいながら、好きでもない僕に四爪龍を贈って、独占欲だけは滾《たぎ》らせて――サーシェンとなんか絶交だ、絶交――）

絶交できるはずがなかった。

どんなにみっともない姿をさらしても、少しでもサーシェンとつながっていたい。本当はこの口づけもずっとしていたい。何もかも忘れるくらい、彼に全部吸い取ってもらいたい――。そう願ってやまないのだ。

サーシェンはゆっくりと唇を離すと、名残惜しそうにもう一度音を立てて軽い口づけをした。

「お前はひどい男だ、ルイ」

自分が彼に思っていたことを、なぜか投げかけられた。

「『僕のことも好きになってくれた』だと……？」

も、を強調して復唱したサーシェンは、なぜかこめかみに青筋を立てている。

「ご、ごめんなさい、分不相応な――」

ルイの言葉を遮るように、サーシェンに抱きしめられた。

「お前のことだけを、想い続けてきた俺に失礼だと思わないか」

はた、と涙が止まる。

（僕だけを？）

聞き間違いだろうか、と自分を抱きしめているサーシェンの顔を見上げるが、いたって真面目な、むしろ怒った顔をしている。

「いや、でも翡翠宮に入れたい、欲しい人がいると――」

「お前だよ」

すかさず指摘される。いやしかし。

「手に入れてみせると言っていたでは」

「身柄は翡翠宮に入れた、あとはお前の心だけ手に入れなければならなかった」

「身柄ってそんな……う、嘘だ……」

「ここで嘘つく意味があるか？」

ルイは両手で自分の顔を袖で覆って混乱した。

（じゃあ僕は、想い合っているのに一人でぐるぐるしてたってことなのか？）

シャラと頭上で金属がこすれる音に、四爪龍の存在を思い出す。ルイはそれに触れて、恐る恐るサーシェンを見た。

「じゃあ、この龍の意味は……もしや……」

皇族が正室にしたい相手に贈るという四本爪の龍。そして正室の居住棟を意味する翡翠。

「ああ、もちろん、そういう意味だ」

拙速だったが虫よけにもなると思って作らせた、と飄々《ひょうひょう》とした表情で語る。

「えっ？　どうして？　いつから？」

寝台で目を回して倒れそうなルイの横に、サーシェンが腰を下ろし、聞いてくれるか、と低い声で話し始めた。

「次の皇帝は俺かファンジュンかで朝議が割れ始めて、心も身体も荒《すさ》んでいたときにルイと出会った」

武官姿で礼部に迷い込んだときのことだな、とルイはうなずいた。

「お前に胃痛を見抜かれ、ぎょっとした。確かに礼部には薬事に長《た》けた『薬条道士』という珍しい者がいるとは聞いていたが、一目でばれるとは思ってもみなかったんだ」

そこでごちそうになった粥が効き体調が良くなったため、ルイの粥目当てで礼部に顔を出し始めた、とサーシェンは打ち明ける。

「だが次第に粥はどうでもよくなっていった」

サーシェンはルイの顔を隠していた袖を御簾《みす》のようにめくる。

目が合ってしまい、またかっと顔が熱くなった。あまりの恥ずかしさに、目を閉じて「ひぇ」と声を漏らしてしまう。

「粥より、くるくる変わる表情や穏やかな微笑み、自分のためではなく他人のために尽力する心根……そんなルイのそばに、少しでもいたいと思うようになってしまった」

そばにいたい、という言葉に身体がふわふわと浮いた心地になる。自分がよくサーシェンの笑顔が脳裏に浮かんで、生薬選びをしていたことを思い出す。

（あの頃から、僕たちは同じ気持ちだったってことなのか）

粥目当てのふりをして、ルイのもとへ通った。そして、ルイに秋波を送る男たちを追い払うのにも必死だったと――。

「そんな人、いませんでしたよ」

「いたよ、たくさん。あの薬屋なんて可愛いほうだ。文官や武官からも花のついた文をもらっていただろう。文通のつもりだっただろうが、文の花添えは恋文という意味だ」

サーシェンはルイの手首を摑んで引き寄せると、鼻先が触れそうなほど顔を近づけてきた。

「忘れるな、お前は美しい。佇んでいれば水晶のような澄んだ輝きがあり、笑えば白百合が揺れるように清楚だ」

全身の血管がはじけた気がした。サーシェンが自分をそのように評価してくれていたことが、嬉しいようなこそばゆいような。

「でも縁談では――」

「『あなたと並んで歩くと自分がみじめになる』というのはお前と並んで、器量を比較されることに耐えられないという意味だ」

しかし、とサーシェンは人差し指をルイの胸元に寄せた。

「俺が惚《ほ》れたのはお前という人間だ、美醜は関係ない。だから余計に、美しさだけに引き寄せられる虫が嫌いだった。その器量さえなければ嫉妬に狂うこともなかったのに、と」

礼部時代に武官姿のサーシェンが、近寄ってくる男たちを追いかけ回していた理由を知る。

「それに諸事情あって、大げさに騒ぐ必要があった」

首をかしげるルイに、サーシェンは「お前は知らなくていい」と髪に口づけをした。そしてルイと正面から向き合う。

「仙薬の件が解決したら、今後の俺たちのことを考えよう。それまでに腹を決めてくれ」

「腹を決めるとは……？」

扉の向こうから、男の声がする。密探が戻ってきたようだった。

サーシェンは入室を許可し、腰掛けていた寝台から立ち上がると、ルイを真顔で見つめた。

「お前を抱く」

告げた、というより宣言したという表現が似合う表情だった。

全身が火照り声が出なくなってしまう。サーシェンがルイの帯のあたりを指さして続けた。

「勘違いするな、抱きしめるとか肩を抱くという意味じゃない。ルイのここに、俺が入るんだ。全身を愛で尽くして、すべて暴く」

逃げるなら今だぞ、と不敵に笑いながらルイに手を差し伸べ、立ち上がるよう促す。ルイは固い動きでサーシェンの腕に手を絡めた。密探の前では愛人でいなければならない。

自分もサーシェンのことが好きなのだと打ち明ける好機なのに、ルイはうまく言葉にできなかった。なぜか彼の前では、薄っぺらくなりそうで恐ろしかったのだ。

耳元で追い打ちのように、こうささやかれる。

「俺は重い男だよ。事件を利用してお前を翡翠宮に引き入れ、四爪龍を贈った。俺に少なからず好意を抱いてくれているのも分かっているが、友情の延長線上で満足するつもりはない。ルイの全部を手に入れたいんだ、頭からつま先まで」

強い酒を飲まされたように、身体が熱くなった。

(頭からつま先まで、サーシェンのものに……)

今自分が立っているのか座っているのかも分からないくらい、ルイは混乱した。

顔が真っ赤だったのか、追跡の報告のために入室した密探から「お熱でも」と心配されてしまった。


その夜は、包茗殿での宴、サーシェンの告白、密探の報告——色々なことが起きすぎて、脳が休んでくれなかった。何よりサーシェンは翡翠宮に泊まると言い出し、ルイを腕の中にすっぽりと包み込んで寝てしまったのだ。

(僕を抱くとか暴くとか言った後で、一緒に安眠できるものなのか……?)

寝台でカチコチに緊張するルイに、サーシェンはこう言った。

「ルイが俺に全てを許してくれるまで何もしない。しかし今夜は独り占めさせてくれないか」

「いいも何も、僕はあなたの愛人なのですから」

「それは……名ばかりで……ルイの気持ちが重要……」

サーシェンの言葉が途切れ始め、ルイの手首をきゅっと握ったまま、眠りに落ちた。

逃げるなら今だぞ、と言いながら逃がす気はないらしい。ルイは月明かりに照らされたサーシェンの寝顔を見つめる。眉間にしわが寄っていたので、指でそっとのばしてやった。

（毎日たくさんの負荷がかかっているんだろうな）

彼が背負っているものが、想像もつかないほど大きいのは分かっている。

ルイは目下スーたちを元に戻すことと、仙薬の悪用の阻止を考えればいいが――とはいえそれも重大なことだが――、政《まつりごと》に携わる彼は国民の命を、国の運命を預かっている。

もう五日もすれば、五十年に一度の紫琴《しきん》大祭も待っている。それまでに今追っている問題を解決できれば、サーシェンも大祭に集中できるだろうに……。

ルイは、一刻ほど前に受けた密探の報告を思い出す。

ファンジュンの宴から子パンダを連れ出し、麻袋に入れて運んだのは兵部の兵士だったこと、その到着点が礼部だったこと、そして兵士と礼部の道士が企みについて語っていたこと――。

『こいつ、あのしゃべるパンダじゃないらしい。騙された』

『ああ、礼部尚書から連絡はもらっている。一刻も早くしゃべる子パンダを手に入れろ、ともな。村人全員に遡及仙薬を使ったことをパンダが見ていて、漏らしでもすれば、今までの努力が水の泡だ』

密探が会話を聞けたのはその程度だった。

サーシェンによると、そもそも密探でも礼部は潜入が難しい。常に仙術や護符で侵入者を警戒しているからだ。今回派遣された密探は、仙術の知識や対処法を知っていたから、わずかでも潜り込めたのだという。

子パンダが、その後無事に救出されたことも知った。

ほっとするのと同時に、礼部が遡及仙薬を村で使ったことがはっきりしたことで、もやが晴れ、すべきことが明確になっていく。

サーシェンの寝顔をじっと見上げる。

『ルイが俺に全てを許してくれるまで何もしない』『ルイの気持ちが重要』

先ほどの言葉が嬉しくて、何度も反すうした。

（どこまでも僕の気持ちを大事にしてくれて……ただの愛人なのに）

そう、どう転んでも愛人なのだ。いくら四爪龍をもらっても、翡翠宮に居座っても、彼の伴侶にはなり得ない。胸がせつなくなって、きゅうと喉が鳴った。

目尻から枕に落ちていく涙は、喜怒哀楽では整理が付かない感情だった。


翌朝、乳児院に迎えに行くと、スーが、ルイと自身の目元を交互に指さした。

「スーとおそろい」

感情が高ぶって眠れなかったせいで、ルイの目元にパンダのようなくまができていたのだ。

ルイは「本当だ」とくすくすと笑った。

「スーは一晩さみしくありませんでしたか？」

「だいじょうぶ、スーはおにいちゃんやから、あかちゃんにおうたうたった」

実演したいようで、スーはルイを奥の部屋に連れて行く。そこで赤ちゃんの胸を優しくとんとんと叩いて、ルイにも以前歌ってくれた子守歌を口ずさんだ。

「ねんねよいこよ、ねんねしなあ、おやまのおーくのかみさまがあ、パンダのすがたでやってくる」

その子守歌を一通り聞くと、こんな物語だった。

人々が困ったときは必ずパンダ姿の神様が現れ、窮地を救ってくれる。そうして村人たちは幸せに暮らし、パンダの神様もその土地で人として生活を始め、家族を持って村を繁栄に導いた——と。

ルイはふわふわのスーの横顔をじっと見つめた。

スーのいた藍州《らんしゅう》・宇琳《うりん》地方はパンダの生息地だから、そのような子守歌が生まれたのだろうと思っていたが、スーが遡及仙薬でパンダになってしまったことと関係があるとすれば——。

慌ててスーを宮殿に連れ帰り、国中の蔵書や資料が集まる文英殿に向かった。

調べたのは宇琳地方とその周辺の伝承、伝記だ。文英殿の担当文官にあるだけ出してもらうと、驚いたことに宇琳地方など藍州北部の集落には、パンダが人に化けて、人間を妻にしたり、人手不足の村で働いたりした言い伝えが数多く残っているのだ。

パンダの生息地域と照らし合わせると、ぴったりと重なる上に、パンダの生息地だからおとぎ話になった、と片付けるには話がどれも似すぎているのだ。

「もしかして……スーがパンダになったのは、仙薬のせいだけではなく――」

全身の時間が遡る――つまりほとんどの村人が若返ったのに対し、スーだけがパンダになったのは〝遡る〟という効果が違うところに作用したのではないのか。

そう、例えばスーが、人に姿を変えて村で暮らしたパンダの、末裔《まつえい》だった場合――。

「先祖返り……？」

ルイの足下で鞠《まり》と一体になって転がっていたスーが、ルイの独り言に「どこにかえるん？」と話しかけていた。

コツコツ、と複数人の靴音がしたのはそのときだった。

多くの文官や武官の場合、文英殿には皇族の許可なしには入れない。愛人という立場のルイも例外ではなく、サーシェンから許可を得て利用している。

しかし宮廷の中で、唯一自由に出入りできる者たちがいる。研究職でもある礼部の宮廷道士だ。

「熱心に、調べ物かな」

三つの人影のうち、中央は白髭を蓄えた翠色袍衣の壮年――礼部尚書だった。その後ろには若い宮廷道士が二人。一人は兄弟子のズーハンだった。

ルイはスーを抱きかかえて、深く頭を下げた。本当なら窓からでも逃げだしたいが、この距離では彼らに仙術で捕らえられてしまう。それなら逃げ出して自分を捕らえる口実を与えるよりも、正面から迎え撃ったほうがいい、と判断した。

外には護衛が待っているし、文英殿付きの文官も礼部とは関わりのない者。ルイが出てこなかったり消えたりしたら騒ぎになるため、今ここで手荒なことをするのは彼らにとっても益がない。

「大変ご無沙汰しております」

ルイは礼部尚書に拝礼をした、目だけは伏せずに。礼部尚書は好々爺《こうこうや》のような笑顔で皮肉を口にした。

「宮廷道士を解職されたというのに、まだ学んでいるとは向上心が旺盛でよろしい」

「おかげさまで調べることがたくさんありまして」

負けじと言い返すが、胸の奥では、怒りと悔しさでこめかみがけいれんしていた。

よくも、よくも、人を助けるための研究を、恐ろしい劇薬へと変えてくれたな——と。

一方で道士だからと周囲を安易に信用した、自分への怒りも同じくらいにある。悪用される危険性を分かっていれば、研究記録の管理ももっと厳重にしていたはずなのだ。

ルイは礼部尚書の後ろでにやついている兄弟子を見た。

（この人がもう暗殺薬を完成させてしまっていたら……）

その視線に気付いたズーハンが、鉄扇を構えた。

「なんだその生意気は目は」

衝撃波を覚悟して、ルイはスーを抱き込み、背で受けようとした。

しかし、それを止めたのは礼部尚書だった。

ズーハンの振り上げた鉄扇に、人差し指と中指をそろえて向けている。仙術で動きを止めているようだ。仙術の発動を悟られないのは、最高術者の証《あか》しでもある。

「ここは修業の場ではない、皇帝の書物庫であるぞ」

ズーハンに鉄扇をしまわせて、礼部尚書はルイに歩み寄った。

「しかしズーハンの気持ちも分かる。皇太子の偵察を礼部に引き込んだ上に、宮廷を追放されてなお皇太子に利用されるなど……裏切り者と同義」

皇太子の偵察、利用——礼部尚書は一体何を言っているのだろうか。

「気づいていなかったのか。お前は礼部で迷子になった武官と親しくしていただろう？　あれは、皇太子が派遣した間諜だ」

礼部尚書はかいつまんで説明した。ルイに会いに来る、という名目で礼部の区画に入り込むので、礼部尚書が管理部局に抗議をしていたが、咎《とが》める必要はないという返答だったこと。護符で追跡すると、その武官が皇太子の養仁殿に入って行ったこと——。

（そうか、この人たちは武官がサーシェンだと知らないんだ）

それでもサーシェンが間諜呼ばわりされるのは我慢がならなかった。

「間諜かどうかは分からないじゃないですか」

「分かるのだ、皇太子殿下は礼部を目の敵にし〝透明性を確保する〟と御史台《ぎょしだい》を入れたがっていた」

三省六部から独立した監査組織・御史台は、各省各部の不正に目を光らせる役割だが、三年前までは礼部だけ立ち入りの対象外だった。戒律を重んじ、自然の摂理に背かない――という道士の教えを、全ての道士が守っているという前提があるからだ。

サーシェンがルイのもとに姿を現すようになってまもなく、礼部の帳簿操作が発覚。それをきっかけに礼部は御史台の立ち入りを認めざるを得なかったのだという。

「入れてよかったのでは？　今の礼部には」

戒律を守れない道士もいるようなので、と皮肉を込めて礼部尚書を睨みつけた。

突然目の前が真っ赤になって、衝撃とともにルイは床に倒れた。ズーハンがルイのこめかみを鉄扇で殴ったのだ。

「ルイ！」

翡翠宮以外ではおしゃべりしない約束をしていたスーだが、声を上げてしまう。

「おやおや、感情的になってはいけませんよ、ズーハン」

礼部尚書が「よくやった」とでも言いたげな笑顔で、ズーハンをたしなめる。

ズーハンはルイが抱き込んでいるスーをのぞき込んだ。

「……ほう、やはりそいつがしゃべるパンダか。礼部で調べられていたときには、だんまりだったが」

「ルイがころされる！」

スーの悲鳴に、ズーハンはさらに顔を近づけて「殺さぬ、今はな」と言った。

礼部尚書は話を続けた。

「あの武官は、お前に会うふりをした間諜だったのだ、皇太子のな。道士の中でも浮いていたお前に取り入るのはたやすかっただろうよ。そして再び、お前は皇太子に利用されている。どうせそのパンダの謎を解くよう命じられたのだろう」

ずき、と胸にとげが刺さったような気がした。

初めて会ったとき、サーシェンは礼部に迷い込んだと言っていた。下級武官なら広大な宮廷で迷っても仕方ないだろう、とルイは思っていたが、その実、彼は生まれたときから宮廷に住む皇太子。迷うことがあるのだろうか――。

鉄扇で殴られたこめかみより、ずっと胸がズキズキする。

（いや、そんな、まさか――僕との友人関係を隠れ蓑《みの》に……？）

先日の告白で、ルイに近づく男たちを追いかけ回していた理由についてサーシェンはこう言っていた。

『諸事情あって、大げさに騒ぐ必要があった』『お前は知らなくていい』と。

サーシェンの意味深な言葉と、礼部尚書の指摘が、嫌な音を立てて噛み合っていく。

礼部尚書は、ふと満足そうに微笑んで「あとはズーハンから」と言い残し、もう一人の道士を連れて去って行った。ルイとスー、そしてズーハンが文英殿に取り残される。

しばらくの沈黙を破り、ズーハンが手巾をルイのこめかみに当てた。

ルイは手でズーハンの手巾を断る。

「怒るなよ。礼部尚書はお優しい方だ。お前のことも許して宮廷道士に戻していいともおっしゃっている」

自分を追い出した急先鋒《きゅうせんぽう》が何を言うのだ、とルイは目を見開いた。

「あなたが僕を追い出したのではないですか。しかも、人助けをするための研究を……」

「〝あれ〟が成功すれば私は道士長の地位が約束される」

「自分の立身出世のために、あんなひどいものを作ったというのですか！」

そう激昂《げっこう》したルイの胸ぐらを、ズーハンが摑んで引き寄せた。

「そうだ、自分のためで何が悪い」

本山で学んだことを忘れたのか、となじると皮肉な笑みで返される。

「お前には分かるまい。一流の薬条道士として重宝されてきたお前には」

「ズーハンさま……私の何が気に入らないのですか」

すべてだ、と兄弟子は冷たい目でルイを見下ろした。

「その美しい佇まいで私を惑わせ、慕っているように見せかけて私を拒み、挙げ句の果てに素性の分からぬ下級武官と懇意にし、さらに礼部兵部の両尚書から見込まれ――どこまでも私の栄達を邪魔しようとする。目障りでならなかった」

礼部尚書から、ルイの研究記録を盗み出し、追放を扇動するよう持ちかけられたときには喜んで承諾した、と打ち明ける。その研究をズーハンが引き継ぐことを条件に――。

（僕の宮廷追放も礼部尚書の差し金だったのか。人を死に追いやるための遡及仙薬の開発を僕が断れば、研究そのものを盗むつもりで――）

「宮廷から追放され茫然《ぼうぜん》自失となったお前を情けで囲ってやろうと思っていたのに、お前は王都から姿を消し、本山にも戻らなかった」

頰にひやりと金属が触れる。ズーハンの鉄扇だ。

「気づけば皇太子の愛人として宮廷に帰ってきた。そのときの私の気持ちが分かるか？　一体どこまで私を愚弄すれば気が済むのだ」

「愚弄なんて。僕はズーハンさまを惑わせたことなんて――」

まあいい、とズーハンは話を戻す。

「お前を宮廷道士に戻す条件がある。その子パンダを連れてくることだ」

スーをぎゅっと抱き込んだ。そんなことするものか、という意志を込めて。

「悪い話ではないから聞け。礼部尚書は子パンダを口封じに殺す気らしいが、お前が私に屈服するなら、命は助ける。〝あの薬〟が完成した今、それくらい権利はあるだろう。ただしパンダが余計なことをしゃべらないよう舌は切らせてもらう」

ルイの背中に冷たい汗が流れた。

（〝あの薬〟が完成した？）

しかし、先ほどズーハンは自分が道士長になる条件を「〝あれ〟が成功すれば」と口にしていた。人を死なせる遡及仙薬は完成し、それを利用した何らかの計画が進行中ということか――。

ルイの思案顔にズーハンは何を思ったのか「屈服の意味を勘違いするなよ」と念押しした。

「お前がいつも皇太子を相手にやっていることを、私にするという意味だ」

ズーハンの瞳の色は、憎しみと欲情に染まっていた。それが流し込まれたような気がして、あまりの嫌悪感にぎゅっと目を閉じる。

サーシェンに「お前を抱く」と言われたときの動悸《どうき》とは雲泥の差だった。

ルイは自分を奮い立たせ、片手でズーハンの胸ぐらを摑み返した。

「お断りです。私が私の全てを許すのは、皇太子殿下だけですから」

怒りにまかせて口に出たのは、本心だった。

舌打ちをして去って行くズーハンを見送ると、スーがぽろぽろと泣きはじめた。

「ルイ……ルイ……大丈夫？　ごめんねえ、あたまたたかれていたいなあ、スーなんもできんやった、スーはやくたたず……」

うつむくスーを、ルイは強く抱きしめた。

「大丈夫、全然痛くないです。スーは三歳なんですから役に立とうとしなくていいんです。早く人間に戻って、安心して健やかに育てるよう、僕もサーシェンも頑張りますから……」

そう言って、しゃくり上げるスーの背中を撫でた。

文英殿の窓から外を見ると、空があかね色に染まっていた。今夜、サーシェンは翡翠宮に来てくれるだろうか。

『あの武官は、友人となったお前に会うふりをした間諜だったのだ』『浮いていたお前に取り入るのはたやすかっただろうよ』

礼部尚書の言葉が脳内で繰り返され、ルイは首を横に振った。

（ここで僕がもやもやしている場合じゃない、サーシェンに聞けばいい話なんだ。きっと笑って「なんだそれは」って否定してくれる）

サーシェンが翡翠宮を訪れたのは、その二日後のことだった。

紫琴大祭を三日後に控え、準備がいよいよ大詰めなのだという。

文英殿での一幕を報告すると、サーシェンは声を荒らげた。

「礼部尚書が？　そういうことは文でも出してくれれば……！」

他にもお伝えしたいことがあったので、とルイは姿勢を正す。そして、礼部尚書に指摘されたことをそのまま口にした。

サーシェン――礼部尚書は皇太子だとは思っていない――が、礼部に御史台を立ち入らせるためにルイと友人になった……という。

「そうか……礼部尚書がそのようなことを」

ルイは上擦った声で笑って見せた。

「なんて勝手なことを言う人なんでしょうね、そんな嘘――」

「いや、本当のことだ」

心臓が急停止するかと思った。

（今、サーシェンは何と言った？　いや、聞き間違いかも）

ルイは顔を上げて「サーシェン？」と尋ねる。

サーシェンは淡々と打ち明ける。

「礼部尚書の見立てはほぼ合っている。俺は、長年無法地帯になっていた礼部に、御史台を入れたかった」

足下でルイの顔色が変わっていくのに気づいたスーが、おろおろと身体を寄せてくる。

「では、僕と出会ったとき迷い込んだというのは……」

「迷い込んだふりをして礼部の中を探っていた」

仙術で警戒されている以上、あまり密探が使えない。となれば、正面から迷い込んだふりをしたほうが得策だったのだという。

礼部尚書のいやみが内耳で響く。

『道士の中で浮いているお前に取り入るのはたやすかっただろうよ』

指先が震えて、茶器を取り落としてしまう。

「じゃあ、サーシェンは礼部に潜り込むのが目的で……あれ、でもお粥の話は――」

瞬《まばた》きすると、床に丸いしみができた。

薬膳粥が美味しくてルイのもとに通うようになったこと、次第にルイに会うことのほうが目的だったこと――。そう告白してくれたことも、嘘だったというのか。

舞い上がった自分が恥ずかしい。

出会ったときの武官という立場も、さらには出会ったきっかけも嘘だった。

「一体、何が本当なんですか……サーシェン」

話をさせてくれ、と手を伸ばすサーシェンに、スーが久しぶりに噛みついた。

「ルイをなかしたな、おまえ、あっちいけ！」

もうルイに情報を整理する余裕は残っていなかった。

スーに噛まれた手に、ルイは手巾を巻き付ける。自分の手の震えが伝わっているのだろう、サーシェンも無言で手元を見ている。普段は温かい彼の手が、今はなぜか冷たい。

「きょうは……ひとりに、してもらえませんか」

声を絞り出すだけで精一杯だった。

「ルイ」

名前を呼ばれただけなのに、顔を上げるよう請われているのが分かる。分かるのに、応じることはできなかった。

（サーシェンが誰なのか、今〝どの顔〟をしているのか、確かめるのが怖い）

ゆっくりと彼の手を離すと、数歩下がって頭を下げる。

「おやすみなさい」

帰ってくれ、の言い換えに過ぎない夜の挨拶。

本来なら、皇太子を部屋から追い出す愛人など、激昂されても文句は言えないのに、サーシェンはこう言い残して気配を消した。

「明日、また」

ルイは床に膝を突いて寝台に突っ伏した。

（唯一の友人ができたと浮かれたことも、サーシェンと思いが通ったことも、まやかしだったのか……？）

蜜を流し込むような口づけも、岩をも溶かしそうな熱い視線も、求婚の意味を表す四爪龍も、数々の甘い言葉も――。

誰が、どれが、本当のサーシェンなのか。どの言葉が真実なのか。分からないことばかりだ。

寝台にルイの涙が染みを作っていく。

子どものころは、大人は泣かないと思っていた。実際、自分が大人になってみるとどうだ。むしろ最近は泣いてばかりではないか――。

自分の情けなさに、よけいに鼻がツンとする。

寝台によじ登ったスーが、ルイの頭をおずおずと撫でてくれた。

爪がルイの長髪に引っかかり、うまく撫でることができない。不満そうに「むう」と声を漏らして、スーは呟いた。

「パンダのおつめきらい。ルイ、なでなでできん……かなしいね、かなしいねルイ……ねんねしよう、ねんね……」

寄り添ってくれるスーの言葉に、自分を襲っている感情が悲しみなのだと気付かされる。

(分かっているのは、悲しみで心身がちぎれそうなほど、サーシェンが好きだってことだけだ)

【五章】


泣き疲れて寝たせいで、翌朝ルイの目は赤く腫れ上がっていた。

スーが散歩したいというので、皇族たちが私的生活をする内廷を散策していると、髪も結わず、上衣と裳を適当に着流した第二皇子ファンジュンと出会った。

「朝の散歩かな」

何の悪気もなさそうに、ひらひらとこちらに手を振る。

スーには手を出さないと約束したとはいえ、まだ信用ならない。スーを慌てて抱き上げてファンジュンを睨んだ。

「何もしないよ、そんな目で見るな――って、目が真っ赤に腫れているじゃないか」

そうだった、と慌てて顔を背ける。

「何かあったのだな……先ほど朝議で会った兄上も目の下にくまをつくっていた」

「サーシェンが?」

昨夜翡翠宮を出て行く彼の背中を思い出し、痛む胸をぎゅっと摑んだ。

大丈夫だろうか、朝餉《あさげ》はきちんと食べられただろうか、自分のせいで不調になってしまったらどうしよう——。さまざまな思いが去来して、ぐさりぐさりと突き刺さる。

「心配は無用だ」

ぐるぐると思案するルイの表情で察したのか、ファンジュンは言った。

サーシェンは朝議では側近や皇族以外には顔を見せないし、朝議のやりとりもいつも通り冴《さ》えていたという。

「いま体調不良説が流れたら、あさっての紫琴大祭に不吉な噂が立ってしまうから」

ほっとするルイに、弟皇子は面白そうに言った。

「あんな兄上初めて見たが、安堵《あんど》もしたよ」

「安堵？」

不安の間違いではないのか。

その場で屈《かが》んでスーを飴《あめ》でおびき寄せようとしていたファンジュンが、ぽつりと漏らす。

「兄上も人間なのだなと思って」

冷徹、辣腕、合理主義の皇太子は、人間離れしたような、感情をどこかに置き忘れたかのような存在だったのだという。

「一人の男のために宴で悋気《りんき》を起こしたり、目の下にくまをつくったり。ルイの前でだけは、なんでもない普通の男になるんだなと思うと……」

その言葉に、いつか見たサーシェンの寝ぼけ顔と、それを「冷徹皇太子なのに」とからかって照れ隠しをしたときの会話を思い出す。

『必要に応じて。隙を見せれば俺の足をすくいたい奴らが面倒を起こすし』『出世に縁のない下級武官のような〃ただのサーシェン〃でいられるのは、ルイの前くらいだ』

正面から、強く風が吹き付ける。スーの鼻先に、紅《あか》く色づいた葉がちょこんとのる。

何が真実か分からないなどと混乱した自分を、ルイは責めた。

（あのサーシェンが、偽りのはずがないんだ）

自分だけを想っていると告げてくれたことも、友情の延長線上の関係では満足しないと宣言したことも――。

「兵部は私を皇帝に担ぎ上げたいようだけど、私はその器ではない。血筋か戦上手ではあるようだから、しゃしゃり出るのは有事のときだけでいいんだ。しかし、そのぶん兄上に多大なる重責がかかってしまった」

兄を〃冷徹皇太子〃にしてしまったのは自分のせいでもある、とファンジュンは漏らす。

「そんな兄上も格好いいのだけど、すり減ってしまうだろう？　だが周りは知らない。何と言っても未来の皇帝だ、そんなことで摩耗するわけがないと思っているだろうよ」

「でもサーシェンはそんなこと一言も――」

「言わないさ、好きな人の前で不格好なところなど見せたくない」

好きな人、という言葉に、身体が勝手に反応して拳を握ってしまう。

ファンジュンはスーを「一度だけでいい」と抱っこしたがった。

もう危険はないと思うが、スーに尋ねてみると「おかしくれるなら」とうなずく。

ファンジュンがでれでれとスーを抱っこする。スーは早速ファンジュンからもらったお菓子を口に入れた。

「ボンボンという舶来ものの飴で、中から甘い蜜が出てくるんだ。初めてだろう？　美味しいだろう？　私のもとにくれば毎日食べられるぞ」

下手な勧誘をするファンジュンに、スーは白い目を向けて断った。

「はじめてちゃう、スーこれたべた、むらで」

「村で？」

藍州の田舎で、皇子がようやく手に入れるほどの舶来ものが流通していたというのか。

「ぎょうしょうさんがくれたで、むらのみんなに。なかに〝やくぜんしゅ〟はいってるて」

面識のない行商が村にやってきて、飴を配ったのだそうだ。外側を砕くと、中から身体にいい薬膳酒が出てくる――という飴を。子どもの成長にも良いから全員食べるといい、と。

スーがもらった飴を口に入れながら「あ」と大きな声を出した。

「あめちゃんくれたひと、もういっかい、きた……」

スーは短い前足を組んで、うーんと唸《うな》りながら何かを思い出そうとしている。

「みんなあかちゃんなって、スーがほかのむらに『たすけて』して、いろんなおとながきて……そのなかにおった……たぶん」

嫌な予感で全身に鳥肌が立つ。

「スー、その飴を食べたのはいつなんですか？」

ファンジュンに抱かれたまま、スーは両前足を側頭部に当てて考える。

「うーん、あかちゃんたくさんでてきた、ふたつまえのひ」

行商姿の男が二度目に現れたとき、別の男とこんな会話をしていたという。

「『しっぱいだ、たいさいにまにあうか』て、こわいかおでゆうとった」

大祭――明後日《あさって》の紫琴大祭のことか。

ファンジュンは二人の会話が理解できず、ぽかんとしている。

ルイは、ファンジュンに詰め寄った。

「ファンジュンさまとサーシェンは、祭祀《さいし》の中心なんですよね？　何かを口にする場面はありますか？」

「締めくくりに神酒《みき》を飲むが……」

祭祀で使用される神酒の多くは薬草酒。スーたちが飲まされた薬膳酒風味の仙薬が混じっても目立たない。

昨日、文英殿で兄弟子ズーハンが言っていた「〝あれ〟が成功すれば私は道士長の地位が約束される」とは、大祭であの恐ろしい遡及仙薬を使う計画のことなのか。

身体の時間を遡らせ、消滅させることのできる仙薬を飲ませる相手は。

第二皇子を皇帝に即位させたい兵部と、御史台に立ち入られて面目を潰された礼部が手を組んで、亡き者にしたい相手は。

（やはり皇太子サーシェンだ）

ファンジュンによると式典前の前日、当日朝、直前に、皇帝の毒見役が神酒の確認をするという。しかし、祭祀を執り行うのは礼部だ。仙薬を盛る機会はいくらでもある。

「一体、何をそんなに思い詰めているのだ。神酒が飲みたいのか？」

第二皇子は、ブツブツと独り言を漏らすルイを不思議そうな顔でのぞき込んでいた。


ルイはサーシェンに文を書いた。

話を全て聞かないうちに一人にしてくれと彼を追い出したため、忙しい大祭前に翡翠宮に来てくれるか分からなかったからだ。

急ぎのことだったので、手短に書いた。遡及仙薬が大祭の神酒に盛られる可能性があること、以前渡した味覚が鋭敏になる仙薬を毒見役に必ず飲ませてほしいこと、大祭前、できれば大祭の朝に翡翠宮に来てほしいこと――。

したためた文を女官に渡そうとして、ふと庭に出た。

白い水仙を一本手折る。それを文に添えて女官に託した。花に気づいた女官は「あら」と頬を染めて、嬉しそうにお使いに行ってくれた。

すぐに彼の側近が返事を持って来てくれた。

「大祭の朝に翡翠宮に行く」という短い文には、紅い撫子《なでしこ》が添えられていた。

花を添えた文は恋文、というサーシェンの言葉を反すうしながら、ルイは撫子の茎を指で摘《つ》まんだ。

どういう意味だろう、と首をかしげていると、女官が花言葉集を貸してくれた。そんな便利なものがあったのか。

ルイが文に添えた白水仙の花言葉は、以前、薬売りのシュエとサーシェンとのやりとりで覚えていた。

――何があっても愛する覚悟。

自分たちの未来について腹は決まったと、伝えたかったのだ。

その返事に添えられていた撫子は、何を意味するのだろうか。どきどきしながら花言葉集をめくる。

(撫子、撫子……あった)

そこには「純粋」と書かれていた。

「純粋かあ……どういう意味でしょうね」

見守っていた女官に話しかけると「それは白の場合です」と首を振る。

「花言葉は、色によって意味が変わることもあるのですよ」

女官は、すっと人差し指を三行先に置いた。

『撫子・赤――永遠の愛を誓う』

視線に熱情を孕ませた、サーシェンの顔が浮かぶ。

ぶわりと顔が熱くなり、身体から力が抜ける。そのままへなへなと文机《ふづくえ》上の花言葉集に突っ伏してしまった。

なぜか涙がじわりとあふれた。嬉しくて、切なくて、泣きたくなる。人を好きになるという心の動きは、悲しみにも似ているような気がした。

だから自分は最近、泣いてばかりなのか。

(早く会いたい、サーシェン)


国の繁栄を占うために五十年に一度行われる、紫琴大祭の朝がやってきた。

夜明けとともに、サーシェンは翡翠宮に姿を現す。身を清める儀式が早朝から行われるため、半刻ほどしかいられないという。

朝陽に照らされたサーシェンは、それは堂々としていて、この国の繁栄を象徴するようなまばゆさだった。

視線が合った瞬間、サーシェンはふわりと笑った。

「そういえば知っているか？　文に花をつけるのは、恋文という意味だぞ」

いつも通り、軽口を叩くサーシェンなのに、顔を合わせるとなぜか、涙が我慢できなかった。

「知っています……！」

大きな手がルイの頬を包み、唇を塞がれる。

ルイは腕をサーシェンの首に巻き付け、つま先立ちをした。

唇から伝わる彼の膨大な熱量。しかし、もう自分も負けてはいないと思った。

息継ぎの合間に、サーシェンが「すまなかった」と謝罪する。きっと、礼部に迷い込んだふりをして自分と知り合いになったことへの言葉だろう。

「大丈夫、それ以外のサーシェンが偽りだったとはもう思っていませんから」

そう伝えると、また口づけをされた。今度は舌も絡ませる。半刻も時間がないというのに。

(大祭の役割などすべて放棄して、このまま僕と口づけをしてくれていたらいいのに)

叶《かな》わぬ願いだと知りながら、願ってしまう。

ルイは、用意していた薬膳粥をサーシェンに振る舞った。

「久しぶりだ」

一口食べて、少年のようにククと笑った。

「俺の恋も、この粥から始まった」

礼部に迷い込んだふりをしてルイと出会った日のことを、サーシェンは振り返る。

「初めて粥を食べさせてもらったときには、すでに礼部の不正帳簿を手に入れていたんだ」

あとは礼部を怪しまれずに出て行くだけ、というところで、ルイに声をかけられたのだという。

「では、その後も礼部に頻繁に来る必要は……」

「なかった。だから言っただろう、最初はルイの粥、そしてルイが目当てになったんだと」

自分に打ち明けたサーシェンの思いに、偽りはなかった。

「では大げさに騒がなければならなかった諸事情とは、なんだったのですか？」

礼部来訪の口実を周知するためではなかったのか。

まだ分かっていないのか、とサーシェンはルイを指さした。

「お前の兄弟子だよ、すぐにでもルイを押し倒さんという目つきの。俺が四六時中そばにいるわけにもいかないので、ルイに何かあったら大騒ぎする輩《やから》がいると知らしめて、兄弟子の強硬手段を牽制《けんせい》しておく必要があった」

その理由にルイは合点がいった。文英殿での兄弟子ズーハンとのやり取りで、彼の自分に向ける愛憎を実感したからだ。

「だから、発狂したように怒って見せていたんですね」

当時は精神が乱れているのではと心配していた、と告げようとした矢先、サーシェンはこう言った。

「言い寄る全ての男に嫉妬していたのは事実なので、さほど演技はしていない」

それはそれで問題があると思う、というルイの意見を気にすることなく、サーシェンは粥を平らげていく。

「実は、初めて出した粥にも生薬だけでなく、仙薬を少し入れていたんですよ」

サーシェンが片眉を上げて「惚れ薬だな」と指摘するが、すかさず胃薬だと答えた。

「当時の粥にもということは、この粥にも？」

「ええ、大祭に行きたくなくなる仙薬を入れました」

「そうか、だからこの半年、ずっと大祭に出たくないと思っていたのか」

二人で顔を合わせて、ふふ、と笑って、もう一度優しい口づけをした。

唇が離れると、ルイは真剣な表情で尋ねる。

「どうお願いしても紫琴大祭には出席するんですよね」

サーシェンは「ああ」と静かに答える。

「正直、大祭の占う内容など信じていない。ただ次の皇帝が欠席となると、国民が厄災を案じる。民草の不安は国力の低下に直結すると俺は思っている」

結局、国は国民の心一つなのだ、とサーシェンは最後の一口を口に放り込んだ。

ルイは「文にも書いたように」と前置きをして、礼部兵部の一部が大祭での遡及仙薬による皇太子暗殺を目論んでいる可能性がある、と告げた。

「この粥には毒見の方にも飲んでもらっている——味覚が鋭敏になる仙薬を入れました。さらに、術にも敏感に反応するような仙術も加えています。舌がピリッと痛んだら、すぐに吐き出してください」

遡及仙薬は胃に吸収され、身体に巡り始めてから若返りが始まる仕組みなので、口に含んだくらいでは効果がないと説明すると、サーシェンはうなずいて表情を和らげた。

「ルイの粥に何度も助けられてきたが、大祭の日まで世話になるとは」

側近がサーシェンに時刻を知らせに来た。

サーシェンが「さて」と立ち上がり、横に並んだルイの手を握った。

「分かっていますよ、所作は覚えています」

ルイはぎゅっとその手を握り返す。サーシェンは頬を指でかいた。

「実はもう一つ嘘があるんだ、大祭が終わったら謝るから」

どんな嘘でも、サーシェンが無事であることと天秤にかければ些末《さまつ》なことだ。

「分かりました。どうぞ無事にお戻りになって、僕に怒られてください」

サーシェンが出発してまもなく、スーが起きてきた。宮廷の警護も増員しているので騒がしくて目が覚めたようだ。

「おはよう、スー」

ルイも女官に声をかけて、支度を始めなければならなかった。

女官は今朝方渡された藍鼠《あいねず》色の袍衣に困惑しながらも、ルイの着替えを始めた。

サーシェンには黙っていたが、ルイも文官に扮して大祭をそばで見守るつもりなのだ。

袍衣はファンジュンに手配をしてもらった。

「ルイさま、今朝方こちらも届いたのですが……」

女官が大きな籐《とう》籠を持って来た。

今日は大祭に高官たちが捧げ物を持ち寄り、祭壇に並べていく。スーを籠に入れて持ち歩いても不自然にはならない。

（サーシェンを死なせるものか）

ルイは顔をパンッと叩いて、支度を始めた。


広大な宮廷の中央には鴻和《こうわ》殿がある。鴻和殿は宮廷内で最も大きい建造物で、皇帝・皇族の即位の礼や婚姻の儀など、重要な催しを執り行う場所だ。鴻和殿前の大階段下は見晴らしのいい広場になっている。そこで宮廷の高官、各州の豪族など二千を超える人々が見守る中、紫琴大祭は始まった。

身を清めた皇族が、大階段中央に設置された祭壇の前に姿を現す。皇位に遠い者から順次祭壇に拝礼をして、階段を下りる。

人がひしめく広場でルイは、スーを入れた籠を抱いて見守った。

顔でばれると女官に指摘されたため、髪がなるべく顔にかかるよう、うつむきがちに振舞った。袍衣が下級官位を示す藍鼠色のため、ルイに関心を寄せる者などいなかった。

どよめきが起きたのは、二人の皇位継承者が現れたときだった。

サン、サンと清らかに響く鈴の音に合わせ、一歩ずつ祭壇の前に現れる。

祭壇に向かって左に第二皇子ファンジュン、右に皇太子サーシェン。

背の高い二人は冕服《べんふく》と呼ばれる、皇族の礼服《らいふく》を美しく着こなしていた。

上衣は黒地、裳は赤。最高位の皇帝はこれに太陽、月、龍など十二の紋章が刺繍されているが、皇位継承者の二人は九章。襟と広がった袖口に施された龍の金刺繍が、二人の佇まいにより威容を持たせた。冕冠の一部・冕板から翡翠や玉、珊瑚《さんご》など色とりどりの宝石が連なって、二人の顔と後頭部はわずかに隠れている。

祭壇を正面に、第二皇子のいる左側には皇族が、そして皇太子の立つ右側には中央政府の高官が並ぶ。最高官・太師をはじめとする三公に、中書令、尚書令、侍中――と三省の責任者、その後ろに六部の長である尚書たちが並ぶ。もちろん礼部、兵部両尚書も。

祭壇に拝礼をし、なかば射貫くような目で壇上を見るサーシェンの横顔は、頂に立つ者の威厳を漂わせた。

今ここにいる者は、彼の導く繁栄に思いを馳《は》せ、胸を熱くしているはずだとルイは思った。彼の友人、愛人という立場の自分でさえ、彼との間柄を忘れて一人の民草として震えたからだ。

(あの姿も、サーシェンなんだ)

冷徹と呼ばれる皇太子の顔は仮面で、からりと笑う快活で暢気なサーシェンが彼の本質だと思っていた。

市場で生き生きと商談をしたり、胃の緊張で食欲が湧かない日が続いたり、嫉妬して恋敵を追いかけたり、冷徹な皇位継承者の顔を見せたり、溶岩のような熱量の情愛を滾らせたり、気の抜けた幼い顔でぼーっと庭を眺めたり、暗殺の危険をも顧みず祭祀に出席したり——。

一致しないと思っていた彼の顔が、鴻和殿に立つサーシェンの横顔に収まっていく。

(どのサーシェンも、すべてサーシェンなんだ)

一致しないと思い込んでいたのは、彼の見せるいくつもの顔を「真偽」ではかっていたからだ。サーシェンは、賽《さい》を振るように複数の顔を使い、必要があれば新たに作る。それが国の頂に立つ責任を果たしつつ、自分が自分でいるために必要なことなのだ、と。

想像もつかない彼の重責に思いを馳せる。

もし立っているのがつらければ、がっちりと腰を摑んで支えてあげたいし、横になりたいときは膝を貸し、胃痛が出れば薬膳粥を出し、孤独なときは旗を振って目立つように応援したい。ルイは心からそう思った。

（つくづく僕は、サーシェンが好きだな）

鈴の音が止み、全員がその場にひれ伏した。

皇帝が鴻和殿から姿を現し、階段を下りてきたのだ。十二の紋章が施された冕服と、豪奢《ごうしゃ》な冕冠。初めて見る皇帝の姿だった。髭をたくわえてはいるが、その瞳に既視感を覚えた。

（あ、サーシェンに似てる）

正確にはサーシェンが父に似ただけなのだが。顔の造形というよりも、瞳の光が似ている。目の前を見ているようで遠くを見ている、野心を滾らせているようで清水のように澄んでいる――これが為政者の目なのか。

皇帝は祭壇に拝礼し、大祭はそこからつつがなく執り行われた。

祝詞《のりと》の奏上や雅楽奉納などの儀式で一刻ほど過ぎたころ、白い仙服姿の男たちが三名、神酒を入れた瓶子《へいじ》を盆に載せて現れた。

一人は皇帝の金の杯に注いだ。皇帝はそれを飲み干し、杯を置いた。他の二人は、続いて皇位継承者である二人にそれぞれ注いだ。銀の杯になみなみと注がれた神酒は、高く昇った太陽の光を反射する。

サーシェンは、じっと杯を見つめていた。

（遡及仙薬を盛られているなら、これだ）

ルイは祈るように手元の仙薬を握った。スーたちのために調合した、遡及効果を食い止める仙薬に、胃での吸収を阻害する効果も加えて持参したのだ。

もし、サーシェンに異変が起きれば、処刑覚悟で飛び出して飲ませるつもりだ。

鈴の音がサン、サン、と鳴り響く中、注がれてから口をつけるまでが、とても長く感じた。

銀の杯を両手で傾け、サーシェンが神酒を一気に口に含む。

（あの恐ろしい遡及仙薬が入っていれば、きっと気付いて吐き出すはずだ――）

しかし、サーシェンは顔色一つ変えず、手巾で口元を拭った。

同時に、そばに並んで座っていた礼部尚書と兵部尚書が、一瞬だけ視線を合わせた。何かを確信したように。

（どういうことだ、遡及仙薬にサーシェンの舌が反応しなかった……？）

脈拍がどくどくと警鐘を鳴らした。

正午を知らせる太鼓が鳴る。礼部尚書による閉式の口上で、紫琴大祭は終わりを迎えた。

礼部尚書が満足げな表情で立ち上がろうとしたが、それをサーシェンが手で制した。

「そこで待て」

突然、サーシェンが立ち上がった。自分に神酒を注いだ道士から、瓶子を奪う。

ざわ……と、見学していた宮廷官たちがざわめいた。

「みなが準備に邁進《まいしん》してくれたおかげで無事、紫琴大祭を終えることができた。私から、皆の者に礼をしたい。ここで一緒に神酒を分け合おうではないか」

サーシェンは神酒を参列者にも配るよう配下に指示した。まもなく、たくさんの酒がめが運びこまれる。サーシェンが皇帝を振り向き「よろしいですね」と確認すると、皇帝は片手を上げそれを許可した。

（一体何を……？）

それを合図に、酒がめが封を解かれる。

そばに控えていた皇族や中央政府の高官たちは、予定とは違う進行に戸惑い、互いに顔を見合わせている。

「そなたたちには、私が自らこの神酒の酌をしよう。一人一人ねぎらいたい」

サーシェンは一人ずつ言葉を交わして、瓶子から杯に注いだ。

そうして満面の笑みでこう言った。

「分かっているだろうが、私が注いだ酒を飲めない者は反逆者として処刑する」

脅しの内容にルイは戦慄したが、冷徹な皇太子の振る舞いに慣れている皇族や中央政府の人間にとっては日常茶飯事のようで、平然とした顔で杯を受けている。

サーシェンは太師から順に神酒を注いでいく。待っている高官たちは配下から杯を受け取り、サーシェンが自分の前に座るのを待っている。

異変が見られたのは、礼部尚書と兵部尚書だった。

吏部尚書、戸部尚書……と順に神酒が注がれ、礼部と兵部両尚書の番になると、サーシェンがかがみ込んで二人をのぞき込んだ。

「どうした、杯を出さないか。酌ができないではないか」

礼部尚書は震えながらも、酌を受け神酒を口に含む。

(飲んだ……！　ではやはり遡及仙薬は盛られていなかったのか？)

尚書が手巾で口元を拭こうとして、その手首をサーシェンが摑んだ。

「吐き出すな、飲み込め」

吐き出せば反逆と見なす、と付け加えて。

手巾で口元を拭うふりをして吐き出そうとしたのを阻んだのだ。

礼部尚書の動きが止まる。顔が土気色になり、サーシェンに摑まれた手首がぶるぶると震えた。

その横で、同じように酌を受けた兵部尚書は、まだ杯に口をつけられずにいた。

「どうした、兵部尚書。そなたも反逆罪に問われたいのか」

手が震え、杯から少しずつ神酒がこぼれていく。兵部尚書も顔が真っ青になっていた。

(一体どういうことだ、この二人の反応は、神酒に遡及仙薬が盛られていたとしか――)

兵部尚書がぎゅっと目を閉じると、立ち上がって身を翻した。

「逃がすか！」

サーシェンは側近から受け取った長刀を抜く。

その瞬間、礼部尚書の拳から人差し指と中指だけが伸びた。

「危ない、サーシェン！」

バチンと何かがはじけるような音とともに、その祭壇周辺にいた皇族や高官、そして警護たちの動きが止まった。

（拘禁の術だ、しかも数十人も一度にかけられるだなんて……！）

その隙に逃げるのかと思いきや、兵部尚書がサーシェンに刀を向けた。

「サーシェン！」

前が見にくい文官用の帽子を脱ぎながら、ルイは走った。

速さも剣術も体術も、本山の修業では落第点ばかりで、他の修業者たちにばかにされてばかりいたが、今は風よりも速く走れる気がする。

兵部尚書が刀を振り上げたのと同時に、拘禁の術で動けないサーシェンとの間に身を滑り込ませる。

「ルイ、だめだ！　何を」

仙術をのんびりと発動している時間はない。ルイは指二本をまっすぐ立てて、古代文字を空に書く代わりに唱えた。

「風ッ」

兵部尚書が振り下ろした刀に、突風が吹き付ける。ようやく尚書がルイの前に腕を振り下ろしたときには、刀が手から抜けて飛ばされていた。

しかし兵部尚書は、慣れた手つきで小刀を懐から出す。軍事の最高責任者とあって踏んできた場数が違うのだ。

サーシェンが動けなければ、守り続けるまで。あと二十、いや十も数えれば、拘禁の術にかかっていない警護や密探たちが駆けつける——とルイは再び仙術を繰ろうとするが、身体が金縛りに遭ったように動かなくなった。

奥にいた礼部尚書がルイにも拘禁の術をかけたのだ。胸元が濡《ぬ》れているので、この隙に先ほどの神酒は吐き出したようだ。

兵部尚書の小刀が、サーシェンの顔に向けられる。

その瞬間、しわがれた声の悲鳴が上がる。

「ぎゃあっ」

声の主はサーシェンではなく、礼部尚書だった。

籐籠から飛び出したスーが、礼部尚書の顔を前足の爪でひっかいたのだ。

「ルイになにすんのやーッ、どつくぞ！」

スーのおかげで拘禁の術が解ける。

サーシェンは「スー、えらいぞ！」と褒めながら長刀を翻し、兵部尚書の小刀をはじき、喉元に刀を突きつけた。

左目を傷つけられた礼部尚書は、傷口を押さえながらうずくまっている。

ルイは必死にスーに駆け寄り、抱きしめた。

「スー！　危ない真似をして……！」

「だってルイが、ルイが、しぬっておもって」

心臓がばくばくしているのは、自分なのかスーなのか。

「スー、ルイにしんでほしくない、とうちゃんかあちゃんみたいに、おはかのなかにいかんでほしいんや」

両親の墓前に座り込んで、両親が目覚めるのを必死に願った幼いころの記憶が蘇る。

（親代わりである僕が死ねば、もう一度スーに離別と絶望を味わわせるところだったんだ）

ごめん、とルイはスーを抱きしめて謝った。

「助けてくれてありがとうスー。僕は死にませんよ、こんなに可愛いスーを置いて死ねるものですか」

ルイと視線を合わせて互いの無事を確認したサーシェンは、鴻和殿の大階段を駆け上り、皇帝に事情を説明しながら避難させた。

警護が兵部尚書と礼部尚書を連行し、宮廷武官たちがその場にいた人々の移動などを進めて騒ぎの収束を図っている。

ルイが中央政府の高官たちに、遡及仙薬入りの神酒の件を伝えるとこんな返事があった。

「そのようだな。皇太子殿下がねぎらいの言葉をかけるふりをして『毒入りだ、飲んだ振りをして服か手巾に吐き出せ』と指示くださった」

やはりサーシェンは仙薬入りに気付いていた。彼も手巾か服に吐き出し、その神酒を使って礼部、兵部両尚書の尻尾を摑もうとしたのだ。

「ああ……よかった……！」

安堵して大きくため息をついた瞬間、背後から手が伸びてきて口元を塞《ふさ》がれた。鼻をつまれて、酸素を求めて口を開けると液体を流し込まれた。

口内に広がる薬草の味――。

（神酒だ！）

肩口に、荒い息がかかる。

「邪魔してくれたな、ルイよ」

兄弟子のズーハンだった。

「元はお前の研究だ、心して味わえ」

彼の手には、先ほどサーシェンが高官たちに注いでいた瓶子が。身体を倒されて、馬乗りになったズーハンに鼻と口を塞がれた。

「さあ、飲み込め！　もう終わりだ、すべて終わりだ……！」

ズーハンの目が血走っている。スーが懸命にズーハンの顔をひっかくが、拳で跳ね飛ばされてしまった。

（苦しい、このままでは嚥下《えんか》してしまう……！）

「大丈夫だ、お前は一人じゃない。お前は皇太子のもとではなく、私と一緒に行くんだ」

恍惚《こうこつ》とした表情で、ズーハンは自分の口にも神酒を含み、嚥下した。

酸欠に加え、衝撃と恐怖で身体が震えた。

この男は、自分が完成させた遡及仙薬で、ルイを道連れに死のうとしているのだ。

目の前で、ズーハンの顔が大きな靴にぐしゃりと潰された。そのまま蹴飛ばされて、後ろに倒れる。

ズーハンの手が緩んだ隙に、ルイは身体を横に向けて神酒を全て吐き出した。

あと少し遅ければ、苦しくて飲み込んでしまっていたかもしれない。

顔を上げると、額に青筋を浮かべたサーシェンが立っていた。サーシェンはルイが神酒を吐き出したのを確認すると、ズーハンに刀を突きつけた。

「一年拷問で苦しんでからの死と、この場での斬首と、一族郎党処刑と、どれがいい」

「どれもけっこうですよ、皇太子殿下」

鼻血を拭いながら、ズーハンが立ち上がった。すると蹴られて大きく潰れた顔がみるみるうちにもとに戻っていく。

「遡及している！　サーシェン、兄弟子は神酒を飲みました！」

やはり神酒には完成した遡及仙薬が入っていた。このまま彼の身体は時間を遡り続けて消滅することになる。

視界が戻ったズーハンが、冕冠を脱いだサーシェンを見て瞠目した。

「っ……ルイにつきまとっていた、あの武官……？」

「やあ、ルイをいやらしい目でじっとりと狙っていた気持ち悪い兄弟子くん」

「くそ……っ、そういうことか……当時からあなたは礼部を……っ」

兄弟子は苦しそうに胸を押さえ、膝をついた。

「案ずるな、お前に中央政府を心配されるいわれはない。安心して消滅しろ、ルイは俺が幸せにする」

「くそう……っ、くそう……っ！」

兄弟子は苦しそうに胸を押さえ、片膝をついた。一回り、二回りと小さくなり本山で一緒に修業した頃の面影が蘇る。

ルイは飛び出して、兄弟子の口に小瓶を突っ込んだ。今なら自分のほうが体格がいいので、押し負けることはないだろう。

「ぐっ……」

先ほど自分にされたように、口と鼻を手で塞ぎ、呼吸ができないようにする。ズーハンは足をじたばたさせながら、大きく喉仏を上下させた。飲み込んだようだ。

ルイは手を離すと「よかった」と小瓶の蓋を閉めた。

「何を飲ませた？」

遡及を止める薬だと答えると、ズーハンが目を見開いた。

ゆっくりと縮んでいたズーハンが、十歳くらいの少年の姿で止まる。ぶかぶかの仙服を引きずっている。

「なんだと……私は死ねないのか？」

ズーハンの意識や記憶は若返る前のままだった。身体が急激に時間を遡った影響だろうか。

「戻す薬はまだないんですが、すぐ作ります」

「死なせろ！　どうせ処刑だ、ここで死んでも一緒ではないか」

そう涙目で睨んでくるズーハンの頬を、ルイは叩いた。殴打音がパァンと鴻和殿に響く。

「死なせるものですか。あんな恐ろしい毒物を作ったあなたには、全てを洗いざらい話してもらいます。実験台にしたスーの村のみなさんを元に戻して、保管している完成薬や材料、記録まで全て処分してから、勝手に自分で死んでください！　道士ならそれくらいの贖罪《しょくざい》はできるでしょう！」

頬を押さえたズーハンが、尻餅をついてぽかんとこちらを見上げている。

数人の武官が、サーシェンの指示でズーハンを拘束し連れて行った。

「スーはよく、わからんけど、わるもの、やっつけたん?」

サーシェンに抱かれたスーが、人間のように上手を組んでそう尋ねると、サーシェンはスーを高く抱き上げた。

「そうだな! スーのおかげだ!」

「パンダのつめも、いいもんやな」

今度はルイがスーを高く抱き上げる。

「おや、パンダの爪ではなでなでできないから、人間の子どもに戻りたかったのではないですか?」

スーは、じっと自分の爪を見つめてルイに問うた。

「ルイ、どっちがいい?」

「僕……ですか?」

スーはしゅんと耳を垂らし、目を潤ませた。

「だってルイ、こどもきらいやん」

スーと初めて会ったときの会話が、罪悪感とともに蘇る。スーの謎を解明してほしいとサーシェンに頼まれたとき、確かに口にした記憶がある。

『しかし今の宮廷道士は優秀です、彼らができないことを私ができるとは……それに子どもも苦手ですし……』

ルイはざっと血の気が引いて、当時の自分を殴りたくなった。何気ない呟きがスーを傷つけていたとは。

両手で自分の側頭部を掴み、自責の念に駆られながら弁明した。

「ごめんなさいごめんなさい、なんて僕は心ないことを！　子どもは嫌いじゃないんです、小さい頃にいじめられていたから、子どもを見ていると当時のつらかった気持ちを思い出してしまっていただけなんです！」

サーシェンが援護してくれる。

「ルイがスーを嫌いなら、毎日こんなにお前とひっついて暮らしていないぞ。うらやましいものだ」

「……そうなん？　スーのこと、パンダじゃなくてもスキスキする？」

前足で顔をゴシゴシと擦《こす》りながら、ルイを見上げる。

「スキスキしますよ、パンダでも子どもの姿でもスーはスーです。僕の大好きで大事な、可愛いスーです！」

スーの身体がルイの腕の中で、ふわりと温かくなる。まるで日だまりでも抱いているようなぬくもり。

「スー？」

スーの被毛がふわりと膨れると、ポンッという音とともに一瞬光を放った。

思わず目を閉じる。腕の中の重みが一気に半減したので、何事かと目を開けると、そこには――。

「あれ、つめが……おててになっとる」

鳶色《とびいろ》の髪の男児が、全裸で自分の手をじっと見つめていた。

「え……？　まさか……」

動揺したルイの声に、男児は顔を上げる。肌の色素が少し薄く、目鼻立ちはくっきりしている。くりくりとした瞳は、髪と同じ鳶色。裸の男児は、ルイに向かってにぱっと笑って見せた。

「ルイ、スーのおてて、もどった……なでなでできるな！」

「あなた、スーなんですね！」

ルイは人間の男児姿のスーを、強く抱きしめた。

「すごい、すごい！　スー、戻ったのは手だけじゃないんですよ！　顔も身体も、全部人間に戻ったんですよ！」

スーは自分の顔や身体をペタペタと触り「うわあ」と叫んだ。

「こまるわ〜、にんげんさむい！」

突然ふかふかの被毛を失ったスーは、身体を縮めて震えていた。

暖めてやろう、とサーシェンも目を赤くして、ルイとスーを抱きしめる。

「あは、もっとだっこ！」

スーは満面の笑みで、ルイとサーシェンに頬ずりをした。

遡及仙薬がきっかけになったとはいえ、どのような作用でルイがパンダの姿になったのかは調べても解明できないような気がした。

ルイに分かることは二つだけ。

スーがパンダの姿になって、他の村に助けを求めに行っていなければ、遡及仙薬で乳幼児になってしまった村人は、気づかれることなく命を落としていたこと。

そして——。

『ねんねよいこよ、ねんねしな。お山の奥の神様がパンダの姿でやってくる……』

村人が窮地に陥ったとき、パンダの神様が助けてくれる……と子守歌で受け継がれてきた藍州・宇琳地方の言い伝えは、ただの寓話《ぐうわ》ではなかったということ。


そこからは、皇太子暗殺計画とその仙薬開発について、礼部と兵部が厳しく追及された。

礼部、兵部両尚書は、双方に罪をなすりつけて「そそのかされた」と容疑を否認するが、周囲の道士や兵士たちが、ほとんど自白した。もちろん、ズーハンも。

完成していた遡及仙薬と記録は、すべて回収され燃やされた。開発に関わった道士たちは、皇太子の恩赦により処刑は免れたが、死ぬまで監察付きで暮らすこととなる。

さらに、まだ反乱分子が残っている可能性もあるとして礼部は御史台と御史台付きの武官に制圧された。道士を育てる本山にも捜査が入り、関わった者が全て洗い出されることとなった。本山と中央政府が協議し、礼部の大改革が行われることになるという。

兵部も、兵部尚書の息のかかった者は全て一掃された。

兵部に一番怒っていたのは、第二皇子のファンジュンだった。

自分を担ぎ上げるために兄を殺そうとしていたと知るなり、刀を抜いて兵部尚書の牢《ろう》に乗り込んだほどだ。

その後はしばらく自分を責めていたという。皇帝に即位する気はないと明言していなかったせいだ、と。さらに「しゃべる毛皮」を欲しがっていたせいで、それを隠れ蓑に兵部や礼部を暗躍させてしまったことも悔いていた。

一連の騒ぎを慌ただしく片付けているうちに、紫琴大祭から四日が過ぎようとしていた。

スーが人間の子どもに戻ってから、ルイはサーシェンと一度も会えていない。

暗殺されそうになったサーシェンは、警護体制の見直しを皇帝から命じられ、整うまでは、政務以外での外出を控えるよう言われたのだという。

その間、サーシェンとは文でやり取りをした。

元気にしている姿を一目でも見たくて、ルイはこう書いた。

「会える日を心待ちにしています。あなたが皇太子でなければ、会えない苦しみを知ることもなかったでしょうに」

その夜、側近らしき武官がサーシェンからの文を持って翡翠宮の庭にやってきた。庭からの来訪は珍しい、と困惑する女官から文を受け取ったルイは、急いでそれを開いた。

スーにも、サーシェンから文が来たことを教えてやりたいが、もう隣室でぐっすりと眠っていた。人間の姿にまだ慣れないのか毛皮を着て寝ている。

サーシェンからの文には「君の願いはすべて叶えたい」と一言だけ。添えられた花は、花弁がくるりと反り返った愛らしい形をしていたが、名前が分からない。

女官が山杜鵑草《やまほととぎす》だと教えてくれた。

「やまほととぎす……やまほととぎす……」

ルイは女官に借りたままの花言葉集を再びめくる。

山杜鵑草の項目には、こう書かれていた。

――本当の私に気付いて。

(願いを叶えたい、本当の私に気付いて……?)

心の中で復唱しつつ、首をかしげる。サーシェンの文は時折知恵比べのようなことを仕掛けてくるので油断ならない。

女官がルイに伺いを立てる。

「武官さまにはお帰りいただきますか？　それともお返事をお預けしますか？」

武官、という響きに、ルイの本能がざわついた。

庭からやって来た、礼儀知らずの武官。

（まさか）

ルイは身を翻して〝彼〟が待機している庭に駆け出た。

「まあルイさま、すぐにお履き物を……！」

庭の砂利にひざまずいていた武官に向かって、赤い柵を跳び越えたルイが舞い降りる。

武官は身じろぎもせず、「なんと」と楽しげな声を上げて抱き留めてくれた。

「やっぱり！　なんて人でしょう！」

ルイを横抱きに受け止めてくれたのは、藍鼠色の袍衣を着た下級武官――ではなく、下級武官に扮した皇太子サーシェンだった
「身代わりを置いてくるのに苦労したんだぞ」

サーシェンは太陽のように笑うと、ふと真顔になる。

顔を近づけてきたので、ルイは目を閉じて口づけを待った。愛人所作として学んだが、これはただの自分の願望だ。

一度目は優しく触れるだけの口づけ、目の焦点の合うところまで顔を離して見つめ合うと、

今度は深く探るような口づけが待っていた。

「会いたかった、サーシェン」

サーシェンは何も言わない代わりに微笑む。

「あの、僕、あれから何日も経《た》って、ようやく恐怖が追いついて……」

「恐怖？」

サーシェンはルイを横抱きにしたまま、階段を上がって翡翠宮に入る。

武官だと思っていた男が、皇太子だと気付いた女官たちは、酒と肴《さかな》を残し慌てて退散する。

サーシェンは柔らかな長椅子に腰掛けて、ルイを横抱きにしたまま膝に乗せた。

「サーシェンがもし死んでいたらと思うと身体が震えて……」

大切な人を失う怖さを、ルイは知っている。

悪夢を二日続けて見た。冷たくなった両親の前で泣いていると、いつしか親がサーシェンになっていて、やはり冷たいままだった——という。

サーシェンは、震えだしたルイの手を自分の頬に触れさせた。

「感じてくれ、俺は生きている」

彼の体温がじわりと伝わってくる。その手の平に、サーシェンはゆっくりと口づけをした。

「これからも生きる、ルイとともに、ずっと」

文に添えられた、赤い撫子の花言葉を思い出す。

――永遠の愛を誓う

「サーシェン……」

視界がやけにぼやけると思ったら、いつのまにか泣いていた。

「僕もです、腹を決めました」

「あなたの……本当の、愛人に、なりたいんです」

サーシェンに自分から、そっと口づけをした。

紫琴大祭前に送った文に、白い水仙を添えたので伝わっているとは思うが、言葉にしなければ誓いにならない気がする。

「ずっとサーシェンの側にいたい……サーシェンが胃痛のときには粥を出して、疲れているときには膝を貸して、踏ん張りどころでは旗を振って応援して……夜は……一緒に肌を重ねて、朝はおはようって言い合って、二人でスーが大きくなるのを見守って……それから、えっと、それから」

感情があふれて、自分が何を言っているのか分からなくなってきた。

それでもサーシェンは、眉を八の字にして「うん」とゆっくりうなずいて聞いてくれる。

「でもこの気持ちは、サーシェンが皇太子だからとか、格好いいからとか、僕のことを好いてくれているとか、そういう理由じゃないんです。思えば最初から……あなたを下級武官だと思っていたころから特別だったんです。勝手に顔が浮かんで、何かしてあげたいって……」

言い終えると、少し身体がぐらついた。人に思いを伝えることが、これほど胆力のいることだとは知らなかった。しかし、告げたことでこの恋心は、本物になったと確信する。

ルイの身体を支えるサーシェンの手に、ぐっと力がこもる。見上げると額に青筋が浮かんでいた。

「ルイ、俺は今、獣のようにお前を押し倒したい衝動と戦っているが、その前に一つだけ認識の違いを正そう」

なんでしょう……と言いながら、ルイはサーシェンの頬に何度も唇を押しつけた。一度好きだと思うと、あふれて止まらない。自分は立場上は愛人なのだ、こんなことをしたって許される、と半ば開き直って。

「待ってくれ、嬉しいが本当に獣になってしまう。待ってくれ」

サーシェンが汗をかきながらルイの口づけを止める。

「忘れていないか？　俺はお前を本当の愛人にする気などない」

ヒュッと息が詰まる。

「愛人では何の立場も保障されない、世間にも家族と認められない。慰める男、という位置づけにしかならず、俺は耐えられない」

手を取られ、腕に金属が触れカチリと音がした。

翡翠を咥えた銀の龍が、手首を一周していた。

（四爪龍の腕輪）

皇族が正室になる者に贈る意匠だった。

「この意味が分からないわけではないだろう、ルイ。お前は俺の正室になるんだ。そして生涯、お前以外の伴侶は迎えない」

冗談を言っている顔ではなかった。いつもより彼の瞬きが多いのは、緊張しているからだろうか。

ルイは腕輪に手を添えて、目を伏せた。

「そう思ってくれているのは知っていますし、嬉しいです。でも僕は男ですから」

どれほど愛されても男は「愛人」であって、正式な伴侶にはなれない。それが決まりだ。皇族の血を途絶えさせないための――。

「ルイが規範を重んじる男なのは知っている。だから、規範を変えることにした」

「え？」

「皇族典範の、皇族の伴侶についての性別指定を消す。すでに門下省が審議中だ」

皇族の繁栄や独裁防止のために作られた「皇族典範」を――。

三省六部では中書省が作成した法や施行令の起案を、門下省が審議し、六部を擁する尚書省がそれを執行する。

門下省が審議中ということは、通れば決定するということだ。

「そんなこと……いつから！」

「半年程前だ、ルイが黄州にいるという情報を密探が摑んできたときに」

世継ぎ問題を危惧して一部反対もあったが、現在三人いる直系皇女にも皇位継承権を与えることで解決とした。これに皇帝が同意したことが、改正を後押ししたのだという。

黄州にいたころ、皇太子の独裁的な手腕の例として流れてきた皇族典範改正の噂は本当だったのだ。

ふと、宴で第二皇子ファンジュンが自分にかけた言葉を思い出す。

『さすが兄上の正室になる人だね』

あのときは四爪龍の髪飾りを見ての発言だと思っていたが、ファンジュンと同じく政の中枢にいる第二皇子が皇族典範の改正案を知らないわけがないのだ。

(だから僕が男は正室にならないと指摘したときに「今はね」と言っていたのか)

サーシェンの指が頰を優しくなぞっていく。

「だから安心して俺と結ばれるといい。誓いは破らない。共に生きよう、ルイ」

夜でなければ、隣室でスーが寝ていなければ、大好きだ、と叫んでしまったに違いない。

そんな衝動を、すべて口づけにした。

「サーシェン……！」

重なりそうになったルイの唇を、サーシェンは噛みつくように塞いだ。

我慢していた彼の本能が解放される。口づけをしながら抱きかかえられ、ルイは寝台に運ばれた。サーシェンの舌は口内で獣のように暴れて、ルイを絡めて離さない。

「ん……っ、ふ……っ」

身体の芯がどんどん熱くなっていく、恥ずかしいけれど裳の下も。

ルイを寝台に下ろしたサーシェンが、勢いよく覆い被《かぶ》さってきた。

「この夜を、何度夢見たことか」

サーシェンは袍衣を脱ぎ捨てながら、うっとりと呟く。柔らかな行灯の光に照らされた上半身は、すでに汗をかいていて、たくましい筋肉美を引き立たせた。

部屋に焚《た》いていた沈香《じんこう》と、雄特有の汗の香りが混じり合って、ルイをくらくらと酩酊《めいてい》させる。

自分も、と仙服を脱ごうとするが興奮と緊張でもたもたしてしまう。

サーシェンが脱がせてくれた。羽織、帯、裳、そして肩紐《かたひも》で支える上半身用の肌着や、太ももが剝《む》き出しになっている二股の下着も、ゆっくりと紐が解《ほど》かれていく。

「白い仙服や肌着を脱がせたのに、さらに白い肌が現れるとは」

大きな手が腰を這《は》う。ぴくりとルイの身体が震えた。

「怖いか？」

「いえ、大丈夫……経験はないんですが、このために勉強をしたので、け、閨房《けいぼう》の……」

恥ずかしくてサーシェンの顔を見ることができない。が、自分もサーシェンと結ばれる気だということは伝えておきたかった。

「張り型がまだ調達できていなくて、その……後ろを慣らしておくことはできていないんですけど、次回までには……」

がばっと抱きつかれて、サーシェンの厚い胸板が肌に密着する。同時に彼が大きくため息をついたので、どきりとした。

「ルイ……お前のそういう勉強熱心なところはとても好きだが、張り型は他の誰かにあげてくれ……慣らすのも、お前の体内に入るのも、すべて俺が独占したい」

ルイの心臓がきゅうきゅうと締め付けられる。愛《いとお》しさで毎度こんなに心臓が絞られるなら、誰かを愛する者はみんな寿命が縮んでいるに違いない。

「は、はい……！」

もう一度唇を重ね、唾液を啜《すす》り合う。サーシェンの手は口づけをしている間も、ルイの身体をくまなく撫でていく。興奮で汗ばんだルイの肌はかなり敏感になっているようで、どこを触れられても気持ちがよかった。自分がこんなにいやらしい人間だったのかという驚きもあるが、それ以上に触れられる喜びが勝る。

サーシェンは寝台にあぐらをかいて、膝にルイを座らせた。向かい合った二人は互いに脱いでしまっているので、陰茎も向かい合う形で先端が触れる。

そこで初めて、サーシェンのものを見る。そそり立ったそれは、見慣れた自分のものとは全く別物で、びくびくと誘うように脈打っている。

「あ……サーシェン……っ、そこは……っ」

サーシェンは親指の腹で、ルイの胸の飾りに触れた。淡い桃色の粒が、サーシェンの指で無慈悲に擦られ、押しつぶされていく。それなのにルイの腰にずくずくと響き、その疼《うず》きが自分の中心に血液を集めているのが分かった。

押しつぶしていたと思ったら、今度は人差し指も参加して乳首を摘まむ。

「ふ、くぅっ……ン」

きゅっと引っ張られたかと思うと、すりつぶすように揉《も》まれ、また引っ張られた。愛撫《あいぶ》されているのは乳首なのに、快楽がどんどん下半身に蓄積されていく。

突然摘まんだ乳首を、サーシェンがぞろりと舐《な》めた。

「あぁっ」

今度は唇で吸い上げる。自分の胸に顔を埋《うず》める体勢になったサーシェンは、自由になった手を今度はルイの尻に回し双丘を揉んだ。

「あっ、あ、サーシェ……ン……っ、ふあ……っ」

完全に昂ぶっているルイの陰茎が、サーシェンの腹の上でぬるりと滑る。

「ああっ」

あまりの気持ちのよさに、大きな声が出てしまう。

自分で慰めたことしかなかった陰茎が、好きな人の肌で擦られてビクビクと喜んでいるのが分かる。勝手に腰が動いてしまい、サーシェンのゴツゴツとした腹筋にそれをなすりつけてしまう。

その間も、サーシェンの口の中で胸の突起がもてあそばれ、臀部《でんぶ》も激しく揉みしだかれているので、全身が快楽を享受する器官になってしまったかのようだ。

サーシェンは胸だけでなく、首、腹、腋《わき》をくまなく舐《ねぶ》り、その合間に必ず口づけをして愛をささやいてくれた。

「一生、大切にする」「愛しぃよ」

ルイもあえぎあえぎ、それに答えた。

「僕もです……サーシェンが好きです、ずっとそばにいて、守ってあげますから……」

サーシェンは「頼もしい」とくしゃくしゃに笑って、ルイの脚の間に顔を埋めた。

ルイは閨房術の予習でそれを知っていた。妃《きさき》が皇帝を喜ばせる手管の一つ——口淫だ。

これでは立場が逆ではないか、とルイはサーシェンの髪を掴んだ。

「あっ……待って、待って、僕、やります、できますから——あああああっ」

ぐちゅ、と温かい粘膜に包まれたルイの陰茎が、いっそう膨張してドクドクと脈打つ。

「ふあ、す、すごい……っ、くち、サーシェンの口が……っ」

目がとろんとうつろになり、意識が飛びそうになる。あまりの心地よさに、ルイの太ももがガクガクと震えていた。しかし、それで終わりではなかった。

サーシェンが頭を動かして、ルイの陰茎を口で扱《しご》き始めたのだ。

「ああ、あ、ああ、うそ、うそ……っ」

男の最も感度のいい器官を、目の前の美丈夫が口で扱いている。ぐちゅ、ぐちゅ、という水音とともに、ルイは腰が浮いた。あまりの快楽に、目の前で火花がチカチカと散っているように見える。

サーシェンがちらりとこちらを見た。乱れている自分を確認するように。目が合った瞬間、ルイはこみ上げる射精感を堪《こら》えられなかった。

「だめ、はな、離して、も、もう」

ルイが絶頂目前だと気付いたのか、サーシェンはむしろがっちりとルイの太ももを腕で押さえ込み、膨張しきった陰茎を擦った。

「だめです、で、出てしま――」

パチンと脳内で快楽の実がはじけるように、ルイは達してしまった。そのままサーシェンの口の中に体液を放ってしまい、下半身がびくびくと震えている。サーシェンはそれを満足そうにすすり上げ、まだ足りないとでも言いたげに残滓《ざんし》を舌で舐め取っていく。

「は……、あ、ああ……どうしよう、好きな人の口で……気をやってしまうだなんて……僕はなんてふしだらな……」

「ふしだらじゃない、俺は嬉しくてたまらない」

ゆっくり彼の手が伸びてきて、気付かないうちに口に入っていた髪を払ってくれた。

口淫の方法は閨房術の書で読んだが、まさか自分がそれを受けるとは思っていなかった。

（これほどまでの快楽だとは……）

ルイはごくん、と喉を鳴らした。ゆっくり身体を起こし、サーシェンを寝台に仰向《あおむ》けにさせると、すでに反り返っているサーシェンの猛《たけ》りに手を添えた。

「今度は、僕の番ですね……？」

自分のとは比べものにならない質量の男根に顔を近づけて、ルイは書物の内容を思い出していた。先ほどサーシェンから受けた口淫は、気持ちが良すぎてどのようにされたのかが全く分からなかったからだ。

「無理しなくていい」

「してません、予習は完璧ですから……」

邪魔するな、という視線をサーシェンに送りながら舌で先端を舐めると、それがビクンと揺れた。サーシェンは目元を赤くして「この絵だけでも滾るのに」とぼやいている。

絵ってなんだろう、と思いつつルイは先端を口に含む。熱くて太くて、つるりとしたそれは、少し汗の味がした。

（口の中に導いて、舌と唇で）

手順を書物で読んだときの感想は「できそう」だったのに、サーシェンのそれが想定外に大きかったので、半分も口に入らない。

圧倒的な質量の差を思い知りながら、ルイは先端を口に含む。書物には「歯を当ててはならない」と書かれていたが、どう頑張っても歯が当たる。当たるたびにサーシェンが少し眉を動かす。奥に入れようとするとえずいてしまう。書物に書かれたことがほとんどできず、情けなくて目と鼻がツンと痛んだ。

サーシェンがルイの頬を両手で包んで、口淫を止めた。

「あ……ご、ごめんなさい、うまくできなくて……」

「怒っているんじゃない、ルイが苦しそうなのが嫌なんだ。もっと身体を重ねることに慣れてから覚えればいい」

「でも書物には――」

反論しようとした唇を、サーシェンが指で押さえた。

「その書物には、心も身体も重ねる方法が書かれていたのか？」

書かれていなかった。妃が皇帝の身体をどのように満足させるか、という手管のみ。

「愛し合うにはどうしたらいいか、書物は教えてくれたか？」

「いいえ……でも悦《よろこ》んでほしくて……」

サーシェンはルイを抱き起こして、もう一度膝に乗せた。今度はルイがサーシェンに背中を見せる体勢で。

するとサーシェンの昂ぶりが、ルイの臀部から陰嚢《いんのう》に向けてぬるりと入り込む。香油を垂らされた股の間から、サーシェンの先端が顔を出した。サーシェンはそのままゆっくりと腰を揺らした。

「俺が悦ぶことは、俺に聞いたほうがいいんじゃないのか」

ずっ、ずっ、とルイの股でサーシェンのそれが前後すると、後孔から陰嚢そして陰茎までを、サーシェンの勃起が擦っていく。

「あ……っ、もっと硬くなって……ぅん……っ」

「ルイ、口づけをしてくれるか？」

ルイは言われるがまま、振り向いてサーシェンの唇を吸う。サーシェンが腰を揺らしているので一緒に揺さぶられながら。

（気持ちいい）

うっすら目を開けると、サーシェンも目元を赤くして快楽を享受していた。

こんな方法、書には記されていなかった。髪をそっと手で梳《す》かれただけでも、どきどきして陰茎が硬度を取り戻そうとしている。

サーシェンがそれに気付いたのか、ルイの陰茎を再び握り、脚を大きく開かせた。彼の左手がルイの陰茎を扱きつつ、香油をたっぷりと塗った右手はルイの蕾《つぼみ》に触れる。

「あ……」

ルイにも分かった。今から後孔を〝慣らす〟のだ。普段自分もあまり触れない部分に、サーシェンの指が蠢《うごめ》いていると思うと、緊張と興奮で心臓が爆発しそうになる。

耳元で優しくささやかれる。

「夜は長いから、ゆっくりと」

ぎゅっと目を閉じて「はい」と返事をするしかなかった。

一刻ほど経っただろうか、ルイは寝台に四つん這いになって、後孔でサーシェンの指を咥えていた。サーシェンは傷が付かないように、ゆっくりとそこをほぐしてくれた。

体内に入る指が三本になるころには、ルイはもう前後不覚になって、臀部を突き上げて寝台に顔を埋めるような体勢になっていた。

「ふあ……っ、あっ、なかで……指が、あああっ」

三本の指が規則的に動いたり、ばらばらに動いたりして、ルイの体内を溶かしていく。腹側のある部分に指先が引っかかった瞬間「ひゃ」と声が出て、また射精をしてしまった。

「ルイのいいところが見つかったな」

サーシェンはそこを執拗《しつよう》に指の腹で撫でる。

「あ……っ、ああっ、まだですか、僕ばっかり……サーシェンも一緒に気持ち……よくなってほしいんです……っ」

さざ波のように押し寄せる快楽に負けじと、願望を口にする。時折肌に触れるサーシェンの男根が、ずっと張り詰めて脈打っている。ルイも男だから分かるのだ、一刻もの間この状態ではかなりつらい。

サーシェンがふうと大きな息を吐き出して、指をゆっくりと引き抜いた。

「あ……」

同時にぬくもりもなくなってしまって、なぜか心許《こころもと》なくなってしまう。そこにあてがわれたのは、脈打ったサーシェンの昂ぶりだった。

「よく耐えてくれた、無理だと思ったら言ってくれ。今日全てを済ませる必要などないのだから」

そう気遣ってくれるサーシェンだが、自身の陰茎を支える手が震えていた。

「欲望に負けた獣に……ならないよう……気をつけるから……」

こんなときまで、ルイを傷つけないように理性を保とうとするサーシェンが、愛しくてたまらない。

(どんな無体を働いても、あなたは許される人なのに)

自分を宝物のように扱ってくれるサーシェンに、心から抱かれたいと思った。彼が欲しいものを全てあげたい。

ルイは身体を起こして、寝台に両手を突く。背後に手を伸ばし、サーシェンの腕を引いて自分に密着させた。

「我慢、しないでください、僕は平気です……むしろ、僕もあなたの全てが欲しいんです」

風も吹いていないのに、行灯の明かりが揺れた。

腰を摑むサーシェンの手に、ぐっと力が込められる。

「ああ……ルイ」

指と香油でとろとろにほぐれたルイの後ろに、サーシェンがじわりと剛直を押し進めた。

「ん……ッ」

指とは次元の違う圧迫感と熱に、ルイはぐっと唇を噛む。

「ルイ……ルイ……」

うわごとのように名前を呼んでくれるサーシェンに、声が出せないルイはうなずいて返事をする。

くぷ……と少し押し進めては引き、また進めては引き……を繰り返し、先ほど激しくよがってしまった腹側の膨らみに亀頭が到達する。

「あああっ」

ルイの身体が勝手に反り、勢いで舞った髪が視界に入る。サーシェンが何度もそこに先を擦りつけるので、ルイは小刻みの絶頂を迎え、陰茎の先から断続的に透明な体液を放ってしまう。

それでも不安になった。好きな人の顔を見ないで快楽に浸ることに。

顔が見たい、と懇願すると、覆い被さってきたサーシェンがルイの胴に腕を回し、そのまま身体を起こした。互いに寝台に膝立ちする体勢でつながっている。サーシェンの胸とルイの背が密着しているので、ルイが少し振り向くだけで彼の顔が見えた。

口づけをしながら、サーシェンの頬に触れると、手首でシャラと腕輪が鳴った。先ほどもらった四爪龍だ。

サーシェンが男根をさらに押し進めながら言った。

「髪飾りのときに気付いたんだ。飾るときしか身につけてもらえないと……しかしほら、腕輪だとこうやって裸になってもずっと一緒だろう?」

どんなときも身につけられるものを、と腕輪を作らせていたのだという。

その独占欲に感心しながらも、ルイは剛直を受け入れるのに精一杯で何度もうなずくことしかできなかった。

「呆れても返却はさせない。言っただろう、俺は重い男だと」

熱量を思い知らせるようにルイを突き上げる。サーシェンの腰がルイの臀部にぶつかる音が響く。肉の音と快楽と衝撃に、ルイは膝が震え始めた。

「ああっ、お、奥……」

サーシェンはルイを背後から強く抱きしめると、さらに速く腰を打ち付けた。

先ほどまで叩くような音だった抽挿音は、ずちゅ、という攪拌《かくはん》するようなそれに変わる。

聴覚は、耳元でささやかれる「好きだ」「逃がさない」という低く甘い言葉で犯される。

腹いっぱいに侵入したサーシェンの剛直から、ルイの体内に熱が移っているようだった。

後ろを抉《えぐ》られながら、前で揺れる陰茎をも扱かれる。

（ああ……サーシェンの大きな手……）

ルイは自分の陰茎がサーシェンの手に包まれている様子に視線を落とし、さらに興奮した。

長いごつごつとした指がルイの陰茎を前後に扱き、人差し指を鈴口に食い込ませる。

「ふぁああっ、サーシェン、りょ、りょうほうは……こらえきれない……っ」

堪える必要などない、とさらに手の動きを激しくしたサーシェンは、鏡台にルイの顔を向けた。

ルイはビクッと身体を揺らした。

一回り体格のいいサーシェンに背後から貫かれ、陰茎と乳首を扱かれている乱れた姿に――。目の周りや頬は紅く、今にも泣きそうな情けない顔をしている。愛撫されている陰茎は自身の体液と香油にまみれ、行灯の明かりを受けてぬらぬらと光っていた。さらにサーシェンの腰の動きを迎え入れるように、自分も臀部を揺らしている。

あまりの淫らな様子に、声も出なかった。

「きれいだ。清楚なルイが、俺の前だけでこんなに妖艶になると思うだけで達してしまいそうだ」

サーシェンは鏡越しに視線を合わせながら、うなじに流れる汗をべろりと舐め取り、さらに陰茎をぐっと奥に押し込んでくる。

「あああっ、は、はずかしいですっ……こんな僕……僕じゃない……っ、サーシェン、見ないで……っ」

「見るさ、全部。どんなルイも愛しい」

その言葉に瞠目した。

さまざまな顔を持つサーシェンを、ルイが一つの人格として愛したように、サーシェンもまたルイを同じように愛してくれる。「自分はこうあるべきだ」という一面だけでなく、淫らに快楽に浸る自分も、人の気持ちに鈍感な自分も、勉強ばかりで頭でっかちになってしまう自分も——。きっと、嫉妬やうぬぼれ、苦悩といった好ましくない感情にさいなまれる自分のことも、サーシェンは受け入れてくれる気がした。

全て欲しい、全部見る、という言葉は、そういう意味だったのだ。身も心もつながる、という感覚がようやく理解できた気がする。

そう思うと、淫らになってしまった自分を見られることも、快楽の糸につながり始める。恥じらいの鎧《よろい》を脱ぐと、気持ちの良さに従順な自分が顔を出した。

「サーシェン、おなかはすこし苦しいけど……ああ、僕、き、気持ちいいです……中を強く擦られると……中も、心臓も、きゅうきゅうして……っ」

彼を振り向いて口づけを求めると、サーシェンが与えてくれた。

「ん……っ、ふ、う……好き……大好きです、サーシェン……きっと礼部のころから……」

サーシェンは突然、埋めていた楔《くさび》をずるりと引き抜いた。そのままルイを仰向けに寝台に押し倒し、焦ったようにルイの両脚を肩に乗せ、再び挿入する。

「あああっ」

体位が変わって、また抉られる場所が変わるとルイは嬌声《きょうせい》を上げた。

上から押しつけられるような律動のせいで、尾てい骨あたりに柔らかな陰嚢が何度もぶつかる。そこから子種を注がれても孕むことはできない――と思うと、この行為が繁殖目的ではなく、ただの愛し合いだと実感する。

いつもは凛々しく端正なサーシェンの顔が、今はとろりと甘い笑みを浮かべている。その笑みに、興奮による紅潮と雄の欲望が加わって、なんとも言えぬ色香を放つ。

じんと痺《しび》れた下腹部がきゅうと音を立てて収斂《しゅうれん》する。

「……っく、ルイ……中が……」

受け入れているサーシェンの雄を、内壁が締め付けたようだ。それでも律動は止まらない。むしろ締め付けたせいでルイに与えられる刺激も跳ね上がった。

「サーシェンっ、サーシェンっ……あ、あ、すごい……中が勝手に……んっ」

抽挿が速くなっていくほどに、ルイの目尻から涙がこぼれた。

肩に乗せられていた脚をサーシェンが両脇に担ぐと、今度は寝台から腰が浮いて、頭と肩甲骨で身体を支えるような体勢になった。

挿入の角度が変わったことで屹立《きつりつ》がさらに深くまで埋まり、血管がぼこぼこと浮き出たそれに内壁を激しく擦られる。先端は狭く閉じたところまでこじ開けられた。

「ま、ま、まって、あああっ、激し、あ、あ」

言葉が言葉にならなくなっていく。脳の大部分が快楽を享受して麻痺《まひ》し、言語機能まで弱ってしまったように。

「ルイ……っ、ルイ……っ、ああ、よすぎて気を失いそうだ……すまない、苦しいだろうが注がせてくれ……俺の熱をお前の中に……」

容赦なく腰を打ち付けてくるサーシェンは瞳を潤ませていた。また新たな顔を見ることができて、愛しさでルイも涙がこみ上げる。

「もちろん……僕だって全部欲しいって、あ、あ、言いました……っ、あああああッ！」

サーシェンはぎゅっと目を閉じて、激しく律動しルイを揺さぶる。ばちゅばちゅと濁った音が部屋に響き、それがさらに速くなっていくにつれ、ルイの脚が宙にピンと伸びた。

「ああああっ、来る……っ、サーシェン、来ちゃう……っ」

何が「来る」のか分からないが、今まで繰り返していた射精とはまったく別物の、快楽の津波に襲われる。サーシェンも限界のようで、泣きそうな顔で汗をしたたらせている。

「俺も、もう……っ、ルイ、俺のルイ……」

快楽に呑まれたルイは、射精をしていないのにビクビクと絶頂で身体をけいれんさせた。同時に中がじわりと熱くなる。サーシェンが吐精をしたのだ。

孕めるわけでもないのにルイは嬉しかった。つま先まで伸びた脚がぴくぴくと震え、まだ全身で快楽の極致を甘受している。

サーシェンは目を閉じてルイの中に全てを吐き出し、身体を折り曲げて口づけをしてきた。

「ああ……僥倖《ぎょうこう》だ、これでもう俺だけのルイだ……近寄る者はみな屠る……」

サーシェンは何度もルイに口づけしながら、恐ろしいことを漏らしている。

ルイは「屠ったらだめです」と一瞬笑ったが、挿入したまま腰を揺らして与えられる刺激と、独占欲剝き出しの熱い視線に、再び腰がじんと甘く痺れるのだった。

長い夜は、終わらない。


ズーハンの遡及仙薬で乳幼児となったスーの村の人々には、ルイが研究記録をもとに調合した解毒薬を飲ませた。

急激に戻るのは危険なため一、二年ほどかけて、ゆっくり元に戻るようにした。若返りの幅が大きな者ほど、戻るのにも時間をかけなければならないし、戻ってからもしばらくは健康状態などの管理が必要だ。何しろ全て初めてのことなので、何が起きるか分からないのだ。

ルイはその功績が認められ、宮廷道士として再び礼部に勤めることになった。

本来ルイが研究していた仙薬は、疾患部分だけ時間を遡らせるという画期的なもの。それを完成させてほしいという、中央政府たっての希望だった。

同時に、サーシェンの希望で起案された皇族典範改正が門下省で承認され施行された。

それによりルイは、もう一つ身分を与えられる。

「前代未聞ですよ、宮廷道士で皇太子の正室ってどういうことですか?」

薬売りのシュエが、翡翠宮に生薬を納品しながら首をかしげた。

「僕も分からないけど、サーシェンが勧めてくれたんだ。人の助けになることが僕の生きがいだろうからって」

一年前に指摘されていたら理解できなかったかもしれないが、今回の騒動を経てルイもうすうす、そんな気がしていた。

如実に表れたのは仙術だ。そよ風しか出せないような実力だったのに、スーが攫われたりサーシェンが襲われたりしたときには、強力かつ迅速に風を起こせた。成功したときの共通点は「誰かを助けるため」だったのだ。

（動機が仙術の強弱に影響すること自体、未熟者の証しだけど）

自嘲していると、別室から「もういやや」と子どもの叫び声が聞こえてきた。

直後、スーが庭に裸足で飛び出す。もちろん子パンダではなく、人間の男児の姿で。

「べんきょう、いやや〜！」

今日は教師が来る日で、スーは読み書きを教わっていたはずなのだが音を上げてしまったようだ。

「スー！　一日中ずっとやるわけじゃないんですから、がんばって！」

庭に声をかけたルイを、スーはじとっと睨んで顔を背けた。

そして服を全て脱いで、むむむと身体を丸めてみせる。

ポン、という音がして煙に包まれたかと思うと、もこもこした子パンダの姿が現れる。

「あ！　またそんなことして！」

「す、スー、パンダやから、ふで、もたれへん」

そう言って、よじよじと木登りを始めたのだった。

実は、人間に戻った十日ほど後、スーは「にんげんはさむい」と再び子パンダの姿になってしまった。以来、自分の意志で人間やパンダの姿に変化できるようになったのだ。

そして読み書きの日やいたずらがばれたときなど、都合が悪くなるとパンダの姿になり、逃げたりしらばっくれたりするのだ。

ルイは「もう」と怒りつつも、少し嬉しかった。人間の姿のスーも可愛いが、パンダ姿のスーの成長も見ることができるからだ。

「スーさまはどんな大人になるんでしょうね、楽しみですね」

シュエはそう言って、ルイに花を一輪渡した。「あなたはいつも美しい」という花言葉を持つ、赤い山茶花《さざんか》だった。

「いつもありがとう、お花だけ受け取っておきますね」

花言葉は受け取れないことを言外に伝えると、シュエは「へい、分かってます」と大げさにうなだれて見せた。

「楽しそうだな、薬売り」

低い声が、背後で響いた。

シュエは「まただ」と半泣きで呻《うめ》く。振り返ると、サーシェンが真顔でこちらを見ていた。

怯えるシュエに、ルイは伝えた。

「もう僕は正室ですから、サーシェンも些細なことで追いかけたり矢を放ったりしませんよ、大丈夫」

「そうだ、安心するといい」

抑揚のない声でそう告げると、サーシェンがシュエの肩に手を置いて、ゆっくりと顔を近づけた。シュエは「視線で殺そうとしてるじゃないですか！」とわめきながら翡翠宮を後にする。

ルイはくすくすと笑って、サーシェンをなだめた。

「落ち着いてください。冷徹皇太子の眼光が前より鋭くなったと、宮廷内で噂になっていますよ」

「まさか、嫉妬深い男は卒業だ。こんなに穏やかな目をしているじゃないか」

またそんな嘘を、と言い返して、大祭前に「あと一つ嘘がある」と言われていたことを思い出した。

「そういえば、もう一つの嘘とは結局何だったんですか？」

サーシェンは顔をかきながら、聞き覚えのある台詞を口にした。

「ひとつ、隣に座ったら肩に頭を預ける。ひとつ、歩くときは腕を絡める。ひとつ、手を握られたら握り返す――」

翡翠宮で最初に教わった愛人所作だ。

「あれは全部、俺が即興で作った。皇族に伝わる愛人所作などない」

「へっ？」

ぽかん、と口を開けてしまった。確かに、所作といいながら後半は精神論になっていたとは思っていたが――。

「あれはただの、俺の願望」

熱心に暗記していたルイは、脳内で復唱する。
愛人所作——もとい、サーシェンがルイにしてほしいこと十項目を。

一、隣に座ったら肩に頭を預ける
一、歩くときは腕を絡める
一、手を握られたら握り返す
一、抱きしめられたら顔を上げて目を閉じる
一、主人に好意を伝えられたら「自分も」と返す
一、自分の胸の内は隠さず素直に打ち明ける
一、いつも主人のことを考える
一、主人以外の男女と親しげにしない、触れさせない、好意を寄せられても断る
一、嫌なこと、不快に思うことは相手が主人であれ我慢しない
一、いつも幸せで健やかに暮らす

ルイは口元を袖でかくして、ぶぶっと吹き出してしまった。

「じゃあその十箇条は、僕専用の所作ということですね」

サーシェンの伴侶として、できるだけ叶えてあげたい。怒るどころか、喜びが胸を満たし

ていく。

子パンダ姿のスーが二本足でこちらに歩み寄り、足下で裸の男児の姿に戻った。

服を着せようとしたルイとサーシェンに手を伸ばし「だれかだっこしてくれんかな〜」と大げさに独り言を漏らす。

抱き上げると、頬をぴったりとくっつけて頬ずりをしてきた。

「スキスキして、スキスキ」

ルイが「スキスキです」と応じると、目の前を白いものがチラリと横切った。

「雪だな、この冬初めての」

三人で雪の舞う空を眺めていて、ルイは思いついた。

「そうだ、十箇条の最後の項目を一部改正しましょう」

「どのように？」

一、三人揃って未来永劫《えいごう》、幸せで健やかに暮らす

ルイの提案に、今度はサーシェンがぽかんと口を開けている。

「守りますよ、僕は規範を重んじる男です」

したり顔のルイに、サーシェンは「死ぬまでルイには敵《かな》わない気がする」と破顔して抱き

ついてきた。

翡翠宮の露台に、強い風が吹き付ける。サーシェンは自分の羽織をルイとスーに着せ、その上から二人を抱き込んだ。

海側から冷たい空気が流れ込む王都・湖安の冬は厳しい。池は凍り、生き物は穴に潜り込む。そして、家族は暖を取るために固まって眠る。きっと翡翠宮でも——。

厳冬を予感させる冷たい風に吹かれているのに、三人でぎゅうぎゅうと寝台にひしめく光景を思い浮かべてしまい、ルイの胸には日だまりのような感情がくすくすとこみ上げるのだった。


（了）

あとがき

こんにちは、または初めまして。滝沢晴と申します。

このたびは「皇太子は宮廷道士を寵愛する～愛されたがり子パンダの秘密～」をお迎えいただき、誠にありがとうございます。ルチル文庫さんから初めて出していただく本となります。ルチル文庫ファンのみなさま、どうぞよろしくお願いいたします。

今作は「仙術」を使う道士が登場する中華風ファンタジーとなりましたが、いかがでしたでしょうか。

自分で言うのもなんですが、主役は子パンダかな、と思ってしまうくらい子パンダが可愛かったですね。「キャラが勝手に動き出す」ようなことがほとんどないのですが、本作のスーさんだけは、勝手に可愛い言動を次から次へと……とんだ人たらしです。

なぜ今回パンダが出てくることになったかというと、一冊の本がきっかけでした。もし自分が動物園のスターと暮らすなら、どんな環境と費用が必要か……といったシミュレーションが書かれていて、中でもジャイアントパンダのページが印象的でした。中国からレンタルするには年間一億円が必要とのこと。「だめじゃん！」と吠えた思い出深い（？）本です。

中華風のお話を構想中に、ふとその本のことを思い出し、気付いたのです。「皇太子なら飼える！」と。パンダをレンタルしたら可愛すぎて出勤できなくなる、住んでいる物件がパンダの飼育不可——など諸事情でパンダと暮らせない方もいらっしゃると思うので、ぜひこのお話で、もふもふころころ子パンダとの暮らしを疑似体験していただければと思います。

本作の舞台は、時代や制度、地理的なものは唐王朝、城は紫禁城をモデルにしました。気に入っているのは「五本爪の龍の装飾は皇帝しか許されない」というエピソードで、かなり前に紫禁城の番組でその紹介を見て、なんだかいいなと思った記憶があります。学生時代に現地にも行ったはずなんですけど、北京ダックとかサソリの唐揚げとか紹興酒とか、飲食物の記憶しか残っておらず……。もし今後そのような機会に恵まれたら、しっかりとこの目で確認しようと思います。

肝心の主役カップルですが、サーシェンを書くのが楽しかったです。ルイが好きすぎて嫉妬に狂うし、気を許した人以外には鬼だし、ルイにしてほしいことを「愛人十箇条」とか言ってねつ造するし、実際に愛人所作をしてもらって浮かれたり沈んだりする——なんとも愛しい攻め！　ルイの鈍感も手伝って、サーシェンの空回りに拍車がかかる場面も好きでした。彼は皇太子ですから、ルイの気持ちなど関係なく自分のものにすることが可能なわけです。権力者がそうせずに相手の気持ちを尊重する——というのが、私の「好きな愛情表現ランキング」第一位なんです……！　ルイも恋に仙術に謎解きに、本当によくがんばりました。切ない場面では、私も一緒にせつない気分になれて、なんだか新鮮でした。

本作のイラストは奈良千春先生に手がけていただきました。ＢＬの萌えで日々のつらい業務を乗り越えていた社畜時代、奈良先生のイラストにいただいた萌えとときめきに何度心救われたことか……。そんな憧れの奈良先生に、ルイやサーシェン、そしてスーを描いていただきとても光栄です。夢のようです。本当にありがとうございます。

また、的確なアドバイスと細やかなお気遣いをくださった担当さま、制作・流通に関わってくださったみなさま、尻をたたき合っている創作仲間、励ましや刺激をくださる先輩がたにも厚く御礼申し上げます。

何より、この物語をお迎えくださったあなたさまに、心よりお礼申し上げます。

もしよろしければ、出版社宛にご感想などいただけますと泣いて喜びます。

二〇二三年の正月に、このあとがきを書いています。二〇二二年は暗澹たる情勢のなかで、いったい世界はどうなってしまうんだろうという不安にさいなまれました。今年はどうなるでしょうか。この物語が少しでも読者のみなさまの癒やしになればと思いますが、さらに言えば、そんな物語の役割がかすむほどの、平和で満ち足りた世を願ってやみません。

また作品でお会いできましたら幸いです。

滝沢晴

✦初出　皇太子は宮廷道士を寵愛する
～愛されたがり子パンダの秘密～…………………書き下ろし

滝沢晴先生、奈良千春先生へのお便り、本作品に関するご意見、ご感想などは
〒151-0051 東京都渋谷区千駄ヶ谷 4-9-7
幻冬舎コミックス　ルチル文庫「皇太子は宮廷道士を寵愛する ～愛されたがり子パンダの秘密～」係まで。

幻冬舎ルチル文庫
皇太子は宮廷道士を寵愛する ～愛されたがり子パンダの秘密～

2023年2月20日　　第1刷発行

✦著者	滝沢 晴　たきざわ はれ
✦発行人	石原正康
✦発行元	株式会社 幻冬舎コミックス 〒151-0051 東京都渋谷区千駄ヶ谷 4-9-7 電話 03(5411)6431［編集］
✦発売元	株式会社 幻冬舎 〒151-0051 東京都渋谷区千駄ヶ谷 4-9-7 電話 03(5411)6222［営業］ 振替 00120-8-767643
✦印刷・製本所	中央精版印刷株式会社

✦検印廃止

ISBN978-4-344-85196-2　C0193　Printed in Japan